Anatole France

Das Hemd eines Glücklichen

Verone

Anatole France

Das Hemd eines Glücklichen

1st Edition | ISBN: 978-9-92500-130-9

Place of Publication: Nikosia, Cyprus

Erscheinungsjahr: 2016

TP Verone Publishing House Ltd.

Reproduktion des Originals in Großdruckschrift.

Anatole France

Das Hemd eines Glücklichen

Erzählungen

*

Übersetzung: Friedrich Oppeln-Bronikowski

Ein junger Schäfer lag lässig hingestreckt auf dem Grase der Wiese und verzauberte seine Einsamkeit mit den Klängen der Schalmei... Man hatte ihm seine Kleider mit Gewalt fortgenommen, aber...

Großes Konversationslexikon von Pierre Laronsse; Artikel Hemd, Band IV, Seite 5, Spalte 4

König Christoph, seine Regierung, seine Sitten und seine Krankheit

Christoph V. war kein schlechter König. Er beobachtete genau die Vorschriften der parlamentarischen Verfassung und fügte sich stets dem Willen der Kammern. Diese Unterordnung wurde ihm nicht schwer; denn er hatte gemerkt, dass es wohl mehrere Arten gibt, zur Macht zu gelangen, aber nicht zwei, sich in der Macht zu erhalten und als Machthaber zu benehmen. Seine Minister regierten, trotz verschiedener Herkunft, Grundsätze, Ideen und Gesinnungen, alle gleich und wiederholten sich, wenn auch mit gewissen, rein formalen Abweichungen, mit einer beruhigenden Regelmäßigkeit. Und darum nahm er ohne Zögern alle, die ihm die Kammern vorschlugen, zu den Staatsgeschäften, am liebsten freilich die Revolutionäre, weil diese ihre Autorität am hitzigsten durchsetzten.

Er selber befasste sich vor allem mit der Außenpolitik, ging häufig auf diplomatische Reisen, dinierte und jagte mit den Königen, seinen Vettern, und rühmte sich, der beste Minister des Auswärtigen zu sein, der sich träumen lasse. Nach innen behauptete er sich so gut, wie die unglücklichen Zeiten es gestatteten. Er war bei seinem Volke weder sehr beliebt noch sehr geachtet; und das sicherte ihm den schätzbaren Vorteil, es nie zu enttäuschen. Da er die Liebe seines Volkes nicht besaß, hatte er auch die Unbeliebtheit nicht zu fürchten, die jeden, der populär ist, mit Gewissheit erwartet. Sein Staat war reich. Gewerbe und Handel blühten, ohne jedoch die Nachbarvölker durch Ausdehnung besorgt zu machen.

Vor allem erzwang seine Finanzwirtschaft Bewunderung. Die Sicherheit seines Kredits schien unerschütterlich; die Finanzleute sprachen mit Begeisterung und Liebe davon. Hochherzige Tränen feuchteten ihre Augen, und Ehre floss daraus auf König Christoph zurück. Die Bauern beluden ihn mit der Verantwortung für die Missernten; doch die waren selten. Die Fruchtbarkeit des Bodens und die Geduld derer, die ihn bestellten, machten das Land ergiebig an Obst, Wein, Getreide und Herden. Die Fabrikarbeiter mit ihren beständigen, ungestümen Forderungen erschreckten das Bürgertum, das vom König Schutz vor der sozialen Revolution begehrte. Die Arbeiter ihrerseits konnten ihn nicht stürzen, denn sie waren zu schwach und hatten gar keine Lust dazu; auch sahen sie nicht ein, was sie dabei gewinnen könnten. Der König erleichterte weder ihr Los noch bedrückte er sie stärker, sodass sie immer eine Drohung blieben und nie zur Gefahr wurden.

Auf das Heer konnte er sich verlassen: Es war von gutem Geiste erfüllt. Das Heer ist immer von gutem Geiste erfüllt. Alle Maßregeln, die getroffen werden, bezwecken, ihm diesen Geist zu erhalten; das ist die oberste Notwendigkeit des Staates. Denn, verlöre es ihn, würde die Regierung sofort gestürzt. König Christoph begünstigte die Religion. Er war allerdings kein Frömmler; und um nicht glaubenswidrig zu denken, gebrauchte er die nützliche Vorsicht, nie einen Glaubensartikel zu prüfen. Er erschien zur Messe in seiner Hauskapelle und war höflich und voller Gnadenbeweise gegen seine Bischöfe, unter denen sich drei bis vier Ultramontane befanden, die ihn mit Schmähungen überhäuften. Die Niedrigkeit und Servilität seiner Beamten erregten ihm unüberwindlichen Ekel. Er begriff nicht, wie seine Untertanen eine so ungerechte Justiz ertrugen; doch die Beamten machten ihre schandbare Schwäche gegen die Starken durch unbeugsame Härte gegen die Schwachen wett. Diese Strenge war eine Genugtuung für die Besitzenden und gebot Achtung.

Christoph V. hatte wahrgenommen, dass seine Handlungen entweder keine beträchtliche Wirkung oder das Gegenteil der Wirkung hatten, die er beabsichtigte. Daher handelte er wenig. Orden und Auszeichnungen waren das beste Werkzeug seiner Herrschaft. Er verlieh sie seinen Gegnern, die dadurch gedemütigt und zufriedengestellt wurden.

Die Königin hatte ihm drei Söhne geschenkt. Sie war hässlich, zänkisch, geizig und stumpfsinnig; aber das Volk, das sie vom König verlassen und betrogen wusste, verfolgte sie mit Lobsprüchen und Huldigungen. Nachdem der König eine Menge von Frauen aller Stände ausgezeichnet hatte, hielt er sich meist an Frau von Huhn, die ihm zur Gewohnheit geworden war. Er hatte bei Frauen stets die Neuheit geliebt; doch eine neue Frau war für ihn keine Neuheit mehr, und die Monotonie der Veränderung ward ihm zur Last. Aus Überdruss kehrte er zu Frau von Huhn zurück; und das ›kenn' ich schon‹, das ihn bei neuen Liebschaften stets anwiderte, war ihm bei einer alten Freundin erträglich. Trotzdem langweilte sie ihn mit Energie und Ausdauer. Bisweilen wurde ihm diese standhafte Fadheit zu viel; dann suchte er ihr durch Verkleidungen Abwechslung zu verleihen. Er ließ sie als Andalusierin, als Tirolerin, als Kapuziner, als

Dragonerrittmeister, als Nonne kleiden, fand sie jedoch stets gleich abgeschmackt.

Seine Hauptbeschäftigung war die Jagd, die überlieferte Tätigkeit der Könige und Fürsten, die sie von den ersten Menschen geerbt haben, eine alte Notwendigkeit, die zur Zerstreuung geworden ist, eine Strapaze, die für die Großen zum Vergnügen wird. Es gibt kein Vergnügen als durch Strapazen. Christoph V. jagte wöchentlich sechsmal.

Eines Tages, im Walde, sagte er zu Herrn von Vierblatt, seinem Oberstallmeister: »Oh, die elende Hirschjagd!«

»Sire«, antwortete der Stallmeister, »die Ruhe nach der Jagd wird Ihnen wohltun.«

»Vierblatt«, seufzte der König, »früher machte es mir Spaß, mich erst zu ermüden und dann zu erholen. Jetzt gewinne ich keinem von beiden mehr Reiz ab. Jede Beschäftigung hat für mich die Leere des Müßiggangs, und die Ruhe ermüdet mich wie eine schwere Arbeit.«

Nach zehnjähriger Regierung ohne Revolutionen noch Kriege hatte Christoph V., den seine Untertanen schließlich für einen guten Politiker hielten und der zum Schiedsrichter der Könige geworden war, keine Freude am Dasein mehr. Er versank in tiefe Niedergeschlagenheit und sagte oft: »Ich habe stets schwarze Würmer vor den Augen, und unter den Rippen fühle ich einen Felsen, auf dem die Traurigkeit hockt.«

Er schlief nicht mehr und hatte keinen Appetit.

»Ich kann nichts essen«, sagte er zu Herrn von Vierblatt, vor seinem goldenen Prachtgedeck sitzend. »Ach, nicht nach Tafelfreuden steht mir der Sinn; sie haben mich nie erfreut: Diese Freuden kennt kein König. Ich habe die schlechteste Tafel in meinem Königreich. Gut essen nur die kleinen Leute. Die Reichen haben Köche, die sie bestehlen und vergiften: Die größten Köche stehlen und vergiften am beflissensten, und ich habe die größten Köche Europas. Trotzdem hatte ich Anlage zum Feinschmecker, und ich würde wie ein anderer gute Happen lieben, wenn mein Zustand es mir erlaubte.«

Er klagte über Kreuzschmerzen und Druck auf den Magen, fühlte sich schwach, war kurzatmig und hatte Herzklopfen. Bisweilen stieg ihm eine schlaffe Hitze in widerwärtigen Wellen zu Kopf.

»Ich fühle«, sagte er, »ein dumpfes, fortwährendes, stilles Unbehagen, an das man sich gewöhnen kann und das von Zeit zu Zeit ein zuckender Schmerz durchblitzt. Daher meine Betäubung und meine Angst.«

Der Kopf schwindelte ihm; er war plötzlich geblendet, hatte Migräne, Krämpfe und Seitenstechen, das ihm den Atem abschnitt.

Die beiden Leibärzte des Königs, Doktor Salm und Professor Kiefer, stellten Neurasthenie fest.

»Noch unbestimmte morbide Entwicklung!«, sagte Doktor Salm. »Undeutliche nosologische Ursache, daher nicht zu fassen.«

Professor Kiefer unterbrach ihn: »Nennen Sie es, Salm, einen wahren pathologischen Proteus, der sich wie jener Meergreis unter den Händen des Praktikers unaufhörlich verwandelt und die bizarrsten und erschreckendsten Gestalten annimmt! Abwechselnd Geier der Magengeschwüre und Schlange der Nierenentzündung, erhebt er plötzlich das gelbe Gesicht der Gelbsucht, zeigt die roten Backenknochen der Tuberkulose oder krampft die Hände wie ein Würger zusammen, sodass man auf Herzerweiterung schließt. Dann erscheint er als Gespenst aller unheilbaren Krankheiten, um zuletzt, der ärztlichen Tat das Feld räumend, sich für besiegt zu erklären und in seiner wahren Gestalt, der eines Affen aller Krankheiten, zu entfliehen.«

Doktor Salm war schön, anmutig, verführerisch, ein Liebling der Damen, in denen er sich selbst liebte. Als eleganter Gelehrter und Salonarzt erkannte er den Adel noch am Blinddarm und am Bauchfell und beobachtete genau die sozialen Unterschiede der Gebärmütter. Professor Kiefer war klein, dick, kurzbeinig, von der Form eines Topfes, geschwätzig und noch dünkelhafter als sein Kollege Salm. Er war ebenso eitel und hatte mehr Mühe, seine Ansprüche durchzusetzen. Beide hassten einander, doch da sie einsahen, dass sie sich durch gegenseitige Bekämpfung nur vernichten würden, so trugen sie völlige Eintracht und Gemeinsamkeit der Gedanken zur Schau. Kaum hatte der eine seine Ansicht kundgetan, so machte der andere sie sich zu eigen.

Obwohl jeder des andern Fähigkeiten und Intelligenz missachtete, fürchteten sie nicht, ihre Meinungen auszutauschen; wussten sie doch, dass sie dabei nichts aufs Spiel setzten und beim Austausch weder verloren noch gewannen, denn es waren ja medizinische Meinungen. Die Krankheit des Königs beunruhigte sie anfänglich nicht. Sie rechneten darauf, dass der Kranke während ihrer Behandlung genesen und dieses Zusammentreffen ihnen zugute kommen werde. Sie schrieben übereinstimmend ein enthaltsames Leben vor (Quibus nervi dolent, Venus inimica), ferner kräftigende Nahrung, Bewegung in frischer Luft und vernünftige Anwendung einer Wasserkur. Salm rühmte, mit Billigung Kiefers, Schwefelkohlenstoff und Methylchlorid; Kiefer war unter Beifall von Salm für Opiate, Chloral und Brom.

Doch es vergingen Monate, ohne dass der Zustand des Königs sich im geringsten zu bessern schien. Und bald wurden die Beschwerden heftiger.

»Mir ist«, sprach Christoph V., auf der Chaiselongue liegend, eines Tages zu ihnen, »mir ist, als ob ein Nest voll Ratten in meinen Gedärmen nagt, während ein garstiger Zwerg, ein Kobold mit Kapuze, Kittel und roten Hosen, mir in den Magen gefahren ist und ihn mit seiner Hacke aushöhlt.«

»Majestät«, sagte Professor Kiefer, »das ist ein sympathischer Schmerz.«

»Ich finde ihn antipathisch«, antwortete der König. Doktor Sahn fiel ein: »Weder der Magen noch der Darm Eurer Majestät ist krank, und wenn Sie dennoch Schmerz empfinden, so kommt dies, sagen wir, durch Sympathie mit Ihrem Sonnengeflecht, dessen zahllose Nervenfasern, durcheinandergewirrt und verstrickt, in allen Richtungen an Magen und Darm zerren, wie zahllose glühende Platindrähte.«

»Die Neurasthenie«, unterbrach ihn Kiefer, »ein wahrer pathologischer Proteus ...«

Doch der König gab beiden den Laufpass.

Als sie gegangen waren, sagte Herr von Waldteufel, der erste Staatssekretär: »Majestät sollten den Doktor Rodrigo konsultieren.«

»Jawohl«, sagte Herr von Vierblatt, »Majestät lasse den Doktor Rodrigo kommen. Das ist das Einzige, was hilft.«

Zu jener Zeit setzte Doktor Rodrigo die Welt in Staunen. Man sah ihn fast gleichzeitig in allen Ländern des Erdballs. Er ließ sich seine Besuche so hoch bezahlen, dass die Milliardäre seinen Wert anerkannten. Seine Kollegen in der ganzen Welt, mochten sie auch von seinem Wissen und von seinem Charakter denken, wie sie wollten, sprachen mit Respekt von den Honoraren, die er zu einer bis dahin unerhörten Höhe hinaufgeschraubt hatte. Mehrere rühmten seine Methoden, erklärten, sie zu beherrschen und zu ermäßigten Preisen anzuwenden, und trugen so zu seinem Weltruhm bei. Da Doktor Rodrigo jedoch die Erzeugnisse der Laboratorien und die Medikamente der Apotheken aus seinem Heilverfahren auszuschalten beliebte und nie die Formeln des Arzneibuches gebrauchte, waren seine Heilmittel von verblüffender Wunderlichkeit und voll unnachahmbarer Seltsamkeiten.

Herr von Waldteufel war zwar von Rodrigo noch nie behandelt worden, setzte aber schrankenloses Vertrauen in ihn und glaubte an ihn wie an Gott. Er flehte den König an, den Wunderdoktor rufen zu lassen, doch umsonst.

»Ich halte mich«, sprach Christoph V., »an Salm und Kiefer. Ich kenne sie und weiß, dass sie unfähig sind, wogegen ich nicht weiß, wessen der Doktor Rodrigo fähig ist.«

Das Heilmittel des Doktors Rodrigo

Der König hatte für seine beiden Leibärzte nie viel übrig gehabt. Nach halbjähriger Krankheit wurden sie ihm völlig unausstehlich. Sah er nur von Weitem den schönen Schnurrbart und das ewige, sieghafte Lächeln des Doktors Salm und die beiden Hörner von schwarzen Haaren, die auf Kiefers Schädel klebten, so knirschte er mit den Zähnen und wandte wütend den Blick ab. Eines Nachts warf er ihre Tränke, Pillen und Pulver, die das Zimmer mit fadem, trübseligem Geruch erfüllten, zum Fenster hinaus. Er befolgte nicht nur ihre Verordnungen nicht, sondern tat auch geflissentlich das Gegenteil. Wenn sie ihm Bewegung empfahlen, so rührte er sich nicht; verordneten sie ihm Ruhe, so machte er sich Bewegung, aß, wenn sie ihm Diät verschrieben, fastete, wenn sie die Überernährung rühmten, und bezeigte Frau von Huhn eine so überraschende Glut, dass sie dem Zeugnis ihrer Sinne nicht glauben wollte und zu träumen meinte. Trotzdem genas er nicht. So zeigte sich auch hier, dass die Medizin eine trügerische Kunst ist und ihre Vorschriften, in welchem Sinne man sie auch anwenden mag, gleich nichtig sind. Es ging ihm weder schlechter noch besser.

Seine mannigfachen, häufigen Schmerzen hörten nicht mehr auf. Er klagte, ein Ameisenhaufen habe sich in seinem Gehirn angesiedelt, und dieses emsige und kriegerische Völkchen grabe darin Gänge, Kammern, Magazine, trage Lebensmittel und Baumaterial ein, lege Milliarden Eier, füttere seine Jungen, bestehe Belagerungen, schlage Sturmangriffe ab und fechte erbitterte Schlachten in seinem Kopfe aus. Er fühle es, sagte er, wenn eine Kriegerin mit ihren scharfen Kiefern den dünnen, harten Panzer ihrer Feindin durchbreche.

»Majestät«, sagte Herr von Waldteufel zu ihm, »lassen Sie Doktor Rodrigo kommen. Er heilt Sie gewiss.«

Doch der König zuckte die Achseln, und in einer Anwandlung von Schwäche und Geistesabwesenheit verlangte er wieder Arzneien und unterwarf sich der Diät. Er ging nicht mehr zu Frau von Huhn und nahm eifrig Pillen von salpetersaurem Akonit, die damals im Glanz ihrer Neuheit und Jugend standen. Infolge dieser Enthaltsamkeit und dieser Kur bekam er einen solchen Erstickungsanfall, dass ihm die Zunge zum Munde heraustrat und die Augen aus dem Kopfe quollen. Man stellte sein Bett senkrecht, wie eine Wanduhr, und sein vom Blutandrang gerötetes Gesicht sah darin aus wie ein rotes Zifferblatt.

»Das Herzgeflecht ist in vollem Aufruhr«, sagte Professor Kiefer.

»In völliger Empörung«, setzte Doktor Salm hinzu. Herr von Waldteufel nahm die Gelegenheit wahr, den Doktor Rodrigo abermals zu empfehlen; doch der König erklärte, er habe genug an zwei Ärzten.

»Majestät«, erwiderte Waldteufel, »Doktor Rodrigo ist kein Arzt.«

»Ha«!«, rief Christoph V. aus, »was Sie da sagen, Herr von Waldteufel, gereicht ihm zum Vorteil und stimmt mich ihm günstig. Er ist kein Arzt? Was ist er denn?«

»Ein Gelehrter, ein Genie, Majestät. Er hat unerhörte Eigenschaften der strahlenden Materie entdeckt und wendet sie auf die Medizin an.«

Doch in einem Tone, der keinen Widerspruch duldete, gebot der König, ihm von diesem Kurpfuscher nie wieder zu reden. »Nie!« stieß er hervor, »nie werde ich ihn empfangen, nie!«

Den ganzen Sommer verbrachte Christoph V. in leidlichem Zustande. Er unternahm mit Frau von Huhn, die als Schiffsjunge gekleidet war, eine Kreuzfahrt in einer Jacht von zweihundert Tonnen. Er lud zum Frühstück an Bord den Präsidenten einer Republik, einen König und einen Kaiser und sicherte im Einklang mit ihnen den Weltfrieden. Es verdross ihn, die Geschicke der Völker zu bestimmen; doch als er in Frau von Huhns Kabine einen alten Schundroman für Fabrikmädchen fand, las er ihn mit leidenschaftlichem Interesse, das ihm für einige Stunden ein wohltätiges Vergessen der Wirklichkeit verschaffte. Kurz, abgesehen von gelegentlichen Migränen, Neuralgien, Rheumatismus und Lebensmüdigkeit, ging es ihm leidlich. Im Herbst kam sein altes Leiden wieder. Er erduldete die furchtbare Pein eines Menschen, der von den Füßen bis zum Gürtel in Eis liegt und dessen Oberkörper dem Feuer ausgesetzt ist. Was ihm aber noch mehr Schauder und Entsetzen bereitete, waren Gefühle, die er nicht auszudrücken vermochte, unaussprechliche Zustände. Manchmal, sagte er, sei es so, dass ihm die Haare dabei zu Berge ständen. Blutarmut entkräftete ihn, und seine Schwäche nahm täglich zu, ohne dass seine Leidensfähigkeit nachließ.

»Herr von Waldteufel«, sagte er eines Morgens nach einer schlechten Nacht, »Sie haben mir mehrmals von Doktor Rodrigo erzählt. Lassen Sie ihn kommen.«

Doktor Rodrigo wurde zu dieser Zeit am Kap, in Melbourne und in Sankt Petersburg gemeldet. Kabeltelegramme und Funksprüche wurden unverzüglich in diese Richtungen entsandt. Noch war keine Woche verflossen, als der König dringlich nach Doktor Rodrigo verlangte. In den folgenden Tagen fragte er alle Augenblicke: »Kommt er nicht bald?« Man antwortete ihm, dass Seine Majestät kein Patient sei, den man unbeachtet lasse, und dass Rodrigo mit fabelhafter Geschwindigkeit reise. Aber nichts konnte die Ungeduld des Kranken besänftigen. »Er kommt nicht«, seufzte er, »Sie werden sehen, er kommt nicht!«

Eine Depesche aus Genua meldete, dass Doktor Rodrigo sich auf der Preußen eingeschifft habe. Drei Tage darauf erschien der Weltdoktor im Palaste, nachdem er seine Kollegen Salm und Kiefer mit unverschämter Leutseligkeit besucht hatte.

Er war jünger und schöner als Doktor Salm und hatte ein stolzeres und vornehmeres Wesen. Aus Achtung vor der Natur, der er in allen Dingen gehorchte, ließ er sich Haare und Bart wachsen und glich so den antiken Philosophen, die Griechenland in Marmor verewigt hat.

Nachdem er den König untersucht hatte, sagte er: »Majestät, die Ärzte, die von Krankheiten sprechen wie der Blinde von der Farbe, behaupten, Sie litten an Neurasthenie oder Nervenschwäche. Aber wenn sie Ihre Krankheit auch erkannt haben, so sind sie deshalb um nichts mehr imstande, Sie zu heilen; denn ein organisches Gewebe lässt sich nur mit den Mitteln wiederherstellen, die die Natur gebraucht hat, um es zu schaffen, und diese Mittel kennen sie nicht. Welches sind nun aber die Mittel, welches ist das Verfahren der Natur? Sie kennt nicht Hand noch Werkzeug; sie ist fein und geistreich; sie benutzt zu ihren mächtigsten, massigsten Bauten die winzigsten Teilchen der Materie, das Atom und die Zelle. Aus unfassbarem Nebel bildet sie Gebirge, Metalle, Pflanzen, Tiere und Menschen. Wie? Durch Anziehungskraft, Schwerkraft, Durchdringung, Einziehung, Endosmose, Kapillarität, Wahlverwandtschaft, Sympathie. Sie bildet kein Sandkorn anders als die Milchstraße: Die Harmonie der Sphären herrscht hier wie dort; beide bestehen nur durch die Bewegung der Teilchen, aus denen sie zusammengesetzt sind und die ihre musikalische, liebende, ewig bewegte Seele ist. Die Sterne des Himmels und die Staubkörnchen, die in dem Sonnenstrahl tanzen, der in dieses Zimmer fällt, haben die gleiche Struktur, und das kleinste dieser Stäubchen ist ebenso bewundernswert wie der Sirius, denn das Wunderbare in allen Körpern des Weltalls ist das unendlich Kleine, das sie bildet und belebt. So arbeitet die Natur. Aus dem nicht Wahrnehmbaren, dem Unfassbaren, Unwägbaren schuf sie die ungeheure Welt, die unsern Sinnen zugänglich ist und die unser Geist misst und wägt; doch das, woraus sie uns selbst schuf, ist weniger als ein Hauch. Arbeiten wir wie sie mit dem Unwägbaren, Unfassbaren, nicht Wahrnehmbaren, durch liebende Anziehung und feine Durchdringung! Das ist das Prinzip. Wie soll man es auf den vorliegenden Fall anwenden? Wie den erschöpften Nerven das Leben, wiedergeben – das bleibt zu prüfen.

Und zunächst: Was sind die Nerven? Wenn wir nach der Definition fragen, so kann der geringste Physiologe, ja selbst ein Salm, ein Kiefer, sie uns geben.« Es sind Stränge, Fibern, die von Gehirn und Rückenmark ausgehen und sich durch alle Körperteile verzweigen, um die Sinneseindrücke zu vermitteln und den motorischen Apparat in Bewegung zu setzen. Sie sind also Empfindung und Bewegung. Das genügt, um uns ihre innere Anlage erkennen zu lassen und uns ihr Wesen zu offenbaren. Mit welchen Namen man es auch bezeichnen möge – es ist identisch mit dem, was man auf dem Gebiet der Empfindungen Freude und auf moralischem Gebiet Glück nennt. Wo sich ein Atom Freude und Glück findet, da findet sich die Substanz, die die Nerven gesund macht. Und wenn ich sage, ein Atom Freude, so meine ich eine bestimmte Substanz, einen materiellen Gegenstand, einen Körper, der imstande ist, die vier Aggregatzustände: fest, flüssig, luftförmig und strahlend, zu durchlaufen, einen Körper, dessen Atomgewicht sich bestimmen lässt. Die Freude und die Trauer, deren Wirkungen die Menschen, Tiere und Pflanzen seit Anbeginn der Dinge verspüren, sind wirkliche Substanzen; sie sind Materie, da sie ja Geist sind und die Natur in ihren drei Formen: Bewegung, Materie und Geist, eins ist. Es kommt also nur noch darauf an, sich Freudenatome in genügender Anzahl zu verschaffen und sie durch Endosmose und Hautaspiration in den Organismus einzuführen. Deshalb verordne ich Euer Majestät, das Hemd eines Glücklichen zu tragen.«

»Was!«, rief der König aus, »ich soll das Hemd eines Glücklichen tragen?«

»Auf der Haut, Majestät, damit Ihre trockene Epidermis die Glücksteilchen aufsaugt, welche die Schweißdrüsen des Glücklichen durch die Kanäle seines glücklichen Dermas ausströmen. Denn Sie kennen die Funktionen der Haut: Sie saugt auf und strömt aus und steht in fortwährendem Austausch mit der Umgebung, in der sie sich befindet.«

»Ist dies das Heilmittel, das Sie mir verordnen, Doktor Rodrigo?«

»Majestät, man könnte kein rationelleres verordnen. Ich wüsste nichts aus dem Arzneibuch, das es ersetzen könnte. In Unkenntnis der Natur und unfähig, sie nachzuahmen, fabrizieren unsere Giftmischer in ihren Apotheken nur eine geringe Zahl von Heilmitteln, die stets gefährlich und nicht immer wirksam sind. Die Medikamente, die wir nicht herstellen können, müssen wir wohl oder übel fertig nehmen, wie die Blutegel, das Bergklima, die Seeluft, die natürlichen Heilquellen, die Eselsmilch, die Katzenfelle und die Ausschwitzungen eines Glücklichen. Wissen Majestät etwa nicht, dass eine rohe Kartoffel, die man in der Tasche trägt, die rheumatischen Schmerzen vertreibt? Sie wollen von natürlichen Heilmitteln nichts wissen; Sie müssen künstliche oder chemische Arzneien haben, Tropfen und Pulver. Sie sind also wohl sehr zufrieden mit Ihren Pulvern und Tropfen?«

Der König entschuldigte sich und versprach zu gehorchen. Doktor Rodrigo, der bereits in der Tür stand, drehte sich um und sagte: »Lassen Sie es leicht anwärmen, ehe Sie es tragen.«

Die Herren von Vierblatt und von Waldteufel suchen einen Glücklichen im Königlichen Schloss

Christoph V. hatte es eilig, das Hemd anzulegen, von dem er seine Genesung erhoffte. Er ließ Herrn von Vierblatt, seinen Oberstallmeister, und Herrn von Waldteufel, seinen Staatssekretär, kommen und beauftragte sie, es so schnell wie möglich herbeizuschaffen. Es ward vereinbart, dass sie über den Gegenstand ihrer Nachforschungen das tiefste Schweigen wahren sollten. Es war nämlich zu befürchten, dass, wenn das Publikum erführe, welche Art von Heilmittel dem König frommte, eine Menge von Unglücklichen, insbesondere die Allerunglücklichsten und die vom Elend am meisten Bedrückten, in Erwartung einer Belohnung ihr Hemd anbieten würden. Auch befürchtete man, dass die Anarchisten vergiftete Hemden schickten.

Die beiden Edelleute glaubten, dass sie sich das Heilmittel des Doktors Rodrigo im Schlosse selbst verschaffen könnten, und stellten sich an ein Guckfenster, vor dem man die Höflinge vorüberschreiten sah. Die, welche sie erblickten, hatten ein mageres Gesicht, eine verdrossene Miene. Sie trugen ihre Leiden auf dem Gesicht geschrieben: Sie verzehrten sich in dem Wunsche nach einer Stellung, einem Orden, einem Vorrecht, einem Brillantknopf. Doch als sie in die Prunkgemächer hinabgingen, fanden Vierblatt und Waldteufel den Herrn von Hayn in einem Lehnstuhl schlafend, die Lippen bis zu den Backenknochen hochgezogen, die Nasenlöcher weit geöffnet, die Backen rund und strahlend wie zwei Sonnen, die Brust ebenmäßig, den Bauch rhythmisch und friedlich, die ganze Gestalt Freude ausströmend, von der glänzenden Wölbung des Schädels bis zu den Zehen, die, auseinandergespreizt wie die Beine, in leichten Schnallenschuhen steckten.

Bei diesem Anblick sagte Vierblatt: »Suchen wir nicht länger. Sobald er erwacht ist, wollen wir ihn um sein Hemd bitten.«

Alsbald rieb sich der Schläfer die Augen, reckte sich und blickte kläglich um sich. Seine Mundwinkel senkten sich, seine Backen fielen ein, seine Augenlider hingen herab wie Wäsche an den Fenstern der Armen; seine Brust atmete seufzend; sein ganzes Wesen drückte Verdruss, Sehnsucht und Enttäuschung aus.

Als er den Oberstallmeister und den ersten Staatssekretär erkannte, sagte er: »Ach, meine Herren, ich träumte etwas Schönes. Ich träumte, der König habe mich zum Marquis von Hayn gemacht. Ach, es ist nur ein Traum, und ich weiß, die Absichten des Königs sind ganz entgegengesetzt.«

»Weiter«, sagte Herr von Waldteufel. »Es ist schon spät; wir haben keine Zeit zu verlieren.«

In der Galerie begegneten sie einem Mitglied des Oberhauses, das die Welt durch seine Charakterstärke und die Tiefe seines Geistes in Staunen setzte. Auch seine Feinde erkannten seine Selbstlosigkeit, seine Offenheit und seinen Mut an. Man wusste, dass er seine Memoiren schrieb, und ein jeder schmeichelte ihm, in der

Hoffnung, in den Augen der Nachwelt eine vorteilhafte Rolle darin zu spielen.

»Vielleicht ist er glücklich«, sagte Waldteufel.

»Fragen wir ihn«, riet Vierblatt.

Sie traten auf ihn zu, wechselten ein paar Worte mit ihm und brachten das Gespräch auf das Glück. Dann stellten sie die Frage, die ihnen am Herzen lag.

»Reichtum und Ehre lassen mich kalt«, antwortete er, »und die Neigungen, selbst die rechtmäßigsten und natürlichsten, das Familienleben, die Reize der Freundschaft, füllen mein Herz nicht aus. Meine Hingabe gilt dem öffentlichen Wohle, und das ist die unglücklichste aller Leidenschaften und die Liebe mit den größten Hindernissen.

Ich war Minister; ich weigerte mich, mit den Staatsgeldern und dem Blut unserer Soldaten Unternehmungen zu unterstützen, die Freibeuter und Krämer zu ihrem eigenen Profit und zum öffentlichen Schaden organisiert hatten. Ich lieferte Heer und Flotte nicht den Lieferanten aus, und ich fiel durch die Verleumdungen aller dieser Schurken, die mir unter dem Beifall der stumpfen Menge vorwarfen, die geheiligten Interessen und den Ruhm meines Vaterlandes verraten zu haben. Gegen die vornehmen Banditen hat niemand mich unterstützt. Wenn man sieht, aus wie viel Dummheit und Feigheit die Volksmeinung besteht, so sehnt man die absolute Monarchie zurück. Die Schwäche des Königs bringt mich zur Verzweiflung; die Kleinheit der Großen ist mir ein schrecklicher Anblick; die Unfähigkeit und Unredlichkeit der Minister, die Unwissenheit, Niedrigkeit und

Käuflichkeit der Volksvertreter erfüllen mich abwechselnd mit Verblüffung und Wut. Um die Schmerzen zu lindern, die ich tagsüber erdulde, schreibe ich sie des Nachts nieder und breche so die Bitterkeit aus, von der ich mich nähre.«

Vierblatt und Waldteufel zogen den Hut vor dem edlen Mitglied des Oberhauses und gingen weiter. Nach wenigen Schritten standen sie einem anscheinend buckligen Zwerg gegenüber, denn man sah seinen Rücken über seinen Kopf weg. Er hatte eine affektiert zierliche Art, zu gehen.

»Es hat keinen Zweck, sich an ihn zu wenden«, sagte Vierblatt.

»Wer weiß?«, erwiderte Waldteufel.

»Glauben Sie mir«, entgegnete der Oberstallmeister, »ich kenne ihn; ich bin sein Vertrauter. Er ist mit sich zufrieden und völlig selbstgenügsam, und er hat seine Gründe dazu. Dieser kleine Bucklige ist der Verzug aller Weiber. Damen vom Hofe, aus der Stadt, Schauspielerinnen, Bürgermädchen, galante Dämchen, Gefallsüchtige, Prüde, Betschwestern, die Stolzesten und Schönsten liegen ihm zu Füßen. Um sie zu befriedigen, ruiniert er sein Leben und seine Gesundheit; er ist schwermütig geworden und trägt den Schmerz, ein Glücksbringer zu sein.«

Die Sonne ging unter, und in der Meinung, dass der König heute nicht mehr erscheine, räumten die letzten Höflinge die Gemächer des Schlosses.

»Ich gäbe gern mein Hemd her«, sagte Vierblatt. »Ich bin, wie ich wohl sagen kann, glücklich veranlagt, murre nie, ich esse, trinke und schlafe gut. Man macht mir Komplimente über mein blühendes Aussehen; man findet mein Gesicht angenehm; und über mein Gesicht habe ich in der Tat nicht zu klagen. Doch in der Blase fühle ich eine Hitze und Schwere, die mir das Leben vergällt. Heute Morgen habe ich einen Stein von der Größe eines Taubeneies ausgeschieden. Ich fürchte, mein Hemd ist dem König nichts wert.«

»Ich gäbe gern meines«, sprach Waldteufel. »Doch auch ich habe meinen Stein, nämlich meine Frau. Ich habe die hässlichste und boshafteste Kreatur geheiratet, die je gelebt hat, und obwohl ich weiß, dass die Zukunft in Gottes Hand liegt, setze ich kühnlich hinzu: auch die boshafteste und hässlichste, die je leben wird; denn die Wiederkehr eines solchen Originals ist so unwahrscheinlich, dass man sie praktisch als unmöglich bezeichnen kann. Es gibt Würfe, die der Natur nicht zweimal gelingen ...«

Und diesen peinlichen Gegenstand verlassend: »Vierblatt, mein Freund, wir waren nicht bei Verstand. Nicht am Hofe noch bei den Mächtigen dieser Welt muss man einen Glücklichen suchen.«

»Sie reden wie ein Philosoph«, erwiderte Vierblatt. »Sie drücken sich aus wie der Lump, der Rousseau. Sie haben unrecht. Es gibt ebenso viele, die glücklich sind und das Glück verdienen, in den Königsschlössern und Adelspalästen wie in den Literatenkaffees und in den Kneipen, wo die Arbeiter verkehren. Wenn wir heute unter diesem Dache keinen fanden, so war es wegen der späten Stunde und weil wir kein Glück hatten. Gehen wir heute Abend zum Spiel bei der Königin, da wird es uns besser gelingen.«

»Einen Glücklichen an einem Spieltische finden!«, rief Herr von Waldteufel aus. »Das heißt soviel, wie ein Perlenkollier in einem Rübenfeld finden und eine Wahrheit im Mund eines Staatsmannes! ... Der spanische Botschafter gibt heute Abend ein Fest; die ganze Gesellschaft wird da sein. Gehen wir auch hin; dort werden wir unschwer die Hand auf ein gutes und geeignetes Hemd legen.«

»Bisweilen ist es mir passiert«, sagte Vierblatt, »dass ich die Hand auf das Hemd einer glücklichen Frau legte. Und zwar mit Vergnügen. Doch unser Glück war nur von kurzer Dauer. Wenn ich so zu Ihnen rede, so geschieht es nicht, um zu prahlen (es war wirklich nicht der Rede wert), noch um vergangenes Glück zurückzurufen, denn es kann wiederkehren, und im Gegensatz zu dem Sprichwort hat jedes Alter das gleiche Glück. Meine Absicht ist eine ganz andere; sie ist ernster und tugendhafter und bezieht sich unmittelbar auf den hohen Auftrag, den wir beide haben: Ich möchte Ihnen einen Gedanken unterbreiten, der mir soeben eingefallen ist. Meinen Sie nicht, Waldteufel, dass der Doktor Rodrigo, als er das Hemd eines Glücklichen verordnete, diesen Ausdruck im allgemeinen Sinne gebrauchte, dass er die ganze Gattung Mensch meinte, ohne Ansehen des Geschlechts, und dass er sowohl das Hemd einer Frau wie das eines Mannes darunter verstand? Was mich betrifft, so neige ich zu dieser Auffassung, und wenn Sie der gleichen Ansicht sind, so könnten wir das Gebiet unserer Nachforschungen ausdehnen und unsere Chancen mehr als verdoppeln; denn in einer eleganten, geordneten Gesellschaft wie der unseren sind die Frauen glücklicher als die Männer. Wir tun für sie, was sie für uns nicht tun. Waldteufel, wenn die Aufgabe derart erweitert ist, könnten wir uns darein teilen. So könnte ich zum Beispiel von heute Abend bis morgen früh nach einer glücklichen Frau suchen, während Sie nach einem glücklichen Manne suchen. Sie werden zugeben, mein Freund, dass das Hemd einer Frau eine zarte Sache ist. Ich habe einmal eines angefasst, das sich durch einen Ring ziehen ließ; der Batist war feiner als Spinneweben. Und was sagen Sie von dem Hemd, mein Freund, das eine Dame vom französischen Hofe zur Zeit der Marie Antoinettje beim Balle zusammengerollt in ihrer hohen Frisur trug? Es wäre doch sehr hübsch, meine ich, wenn wir dem König, unserm Herrn, ein schönes Batisthemd mit Einsätzen, Volants aus Valenciennespitzen und mit schimmernden rosa Schulterbändern anbrächten, leicht wie ein Hauch, nach Iris und Liebe duftend.«

Doch Waldteufel protestierte heftig gegen diese Art, die Verordnung des Doktors Rodrigo aufzufassen.

»Wo denken Sie hin, Vierblatt!«, rief er aus. »Ein Frauenhemd würde dem König nur ein Frauenglück verschaffen, das ihm zu Elend und Schande gereichte. Ich will hier nicht untersuchen, Vierblatt, ob die Frau befähigter zum Glück ist als der Mann. Es ist hier weder der Ort noch die Zeit dazu: Es ist Essensstunde. Die Physiologen schreiben der Frau eine feinere Sensibilität zu als unsereinem; doch das sind transzendente Allgemeinheiten, die über die Köpfe hinweggehen und niemanden treffen. Ich weiß nicht, ob unsere höfische Gesellschaft –

wie Sie anzunehmen scheinen – dem Glück der Frauen günstiger ist als dem der Männer. Ich sehe in unsern Kreisen, dass sie weder ihre Kinder erziehen noch ihren Haushalt leiten, dass sie nichts wissen, nichts tun und vor Langweile sterben. Sie verzehren sich einzig darin, zu glänzen: Das ist das Los eines Kerzenlichtes; ich weiß nicht, ob es beneidenswert ist. Aber darum handelt es sich hier nicht. Vielleicht gibt es eines Tages nur noch ein Geschlecht; vielleicht gibt es ihrer drei oder sogar mehr. In diesem Falle wird die sexuelle Moral reicher und mannigfaltiger sein. Einstweilen haben wir zwei Geschlechter; es ist viel von dem einen in dem andern, viel vom Mann im Weibe und viel vom Weib im Manne. Immerhin sind sie deutlich unterschieden; sie haben jedes seine Natur, seine Sitten und Gesetze, seine Freuden und Leiden. Wenn Sie das Glück unseres Königs weibisch machen, mit welch eisigem Blick wird er fortan Frau von Huhn ansehen ? ... Ja, vielleicht wird er schließlich durch seine Hypochondrie und Weichlichkeit die Ehre unseres ruhmreichen Vaterlandes aufs Spiel setzen. Wollen Sie das vielleicht, Vierblatt?

Sehen Sie sich in der Galerie des Königlichen Schlosses den Gobelin mit der Geschichte des Herkules an und beachten Sie, was diesem Helden geschah, der mit Hemden ein besonderes Pech hatte. Er zog aus Laune das der Omphale an und tat nun nichts weiter als Wolle spinnen. Dieses Schicksal bereitet Ihre Unüberlegtheit unserem erlauchten Monarchen.«

»Oh! Oh!« rief der Oberstallmeister aus. »Nehmen wir an, ich hätte nichts gesagt, und reden wir nicht mehr davon!«

Jeronimo

Die spanische Botschaft leuchtete durch die Nacht. Der Widerschein ihrer Lichter vergoldete die Wolken. Girlanden von Lampen umzogen die Wege des Parks und gaben dem nahen Laubwerk die Durchsichtigkeit und Leuchtkraft von Smaragden. Bengalische Flammen röteten den Himmel über den schwarzen Baumwipfeln. Ein unsichtbares Orchester sandte schmachtende Klänge in den leichten Nachtwind. Die elegante Menge der Gäste bedeckte den Rasenplatz; die Fracks tummelten sich im Schatten; die Uniformen glänzten von Kreuzen und Ordensbändern; helle Gestalten huschten anmutig über den Rasen und zogen ihre Wohlgerüche hinter sich her.

Vierblatt erblickte zwei berühmte Staatsmänner, den Ministerpräsidenten und seinen Vorgänger, die miteinander plaudernd unter dem Standbild der Fortuna standen. Er wollte sie anreden. Doch Waldteufel riet ihm ab.

»Sie sind alle beide unglücklich«, sagte er. »Der eine ist untröstlich, die Macht verloren zu haben; der andere zittert, sie zu verlieren. Und ihr Ehrgeiz ist umso jämmerlicher, als sie beide in einer Privatstellung reicher und mächtiger sind als in der Ausübung der Macht, die sie sich nur durch die demütige und entehrende Unterwerfung unter die Launen der Kammern, die blinden Leidenschaften des Volkes und die Interessen der Finanzleute erhalten können. Was sie so leidenschaftlich erstreben, ist ihre prunkhafte Erniedrigung. Ach, Vierblatt, bleiben Sie bei Ihren Bereitern, Ihren Pferden und Hunden und trachten Sie nicht danach, die Menschen zu regieren.«

Sie gingen weiter. Kaum hatten sie ein paar Schritte getan, so wurden sie durch Lachsalven angelockt, die aus einem Boskett drangen: Sie traten näher und erblickten unter der Buchenlaube einen dicken, nachlässig gekleideten Mann, der auf vier Stühlen saß und Geschichten erzählte, während seine zahlreiche Gesellschaft an seinen Satyrslippen hing und sich über sein Halbgottantlitz beugte, das gleichsam mit der Hefe des Dionysos beschmiert war. Das war der berühmteste Mann des Königreichs und der einzige populäre: Jeronimo. Er sprach übersprudelnd, fröhlich und wortreich, warf Redensarten in die Luft, spann Geschichten an, die einen vorzüglich, die andern weniger gut, doch alle zum Lachen reizend. Er erzählte gerade, wie in Athen eines Tages die soziale Revolution ausbrach, die Güterteilung durchgeführt wurde und die Frauen Gemeingut wurden; aber die Alten und Hässlichen beklagten sich, vernachlässigt zu werden, und zu ihren Gunsten wurde ein Gesetz gemacht, wonach die Männer mit ihnen anfangen mussten, ehe sie die Jungen und Schönen bekamen. Und mit derber Ausgelassenheit schilderte er komische Hochzeiten, groteske Umarmungen und den verzweifelten Mut der Jünglinge beim Anblick ihrer triefnasigen und triefäugigen Geliebten, die zwischen Nase und Kinn Nüsse zu knacken schienen. Dann erzählte er saftige Zoten, Geschichten von deutschen Juden, von Pastoren und Bauern; es war ein ganzes Feuerwerk von Scherzen und ausgelassenen Plaudereien.

Jeronimo war ein wunderbarer Redner. Wenn er sprach, so sprach seine ganze Gestalt vom Kopf bis zu den Füßen, und nie hatte ein Redner so viel oratorische Mimik besessen. Abwechselnd ernst und ausgelassen, erhaben und burlesk, beherrschte er alle Arten der Redekunst; und derselbe Mann, der jetzt unter der Buchenlaube wie ein gelernter Schauspieler alle mögliche Kurzweil für einen Schwarm Müßiggänger und für sich selber zum Besten gab, hatte gestern im Parlament mit seiner mächtigen Stimme Beifallsstürme entfesselt, die Minister erzittern lassen, die Tribünen in Aufregung versetzt und durch den Widerhall seiner Rede das ganze Land erregt. Mit gewollter Heftigkeit und berechneter Begeisterung war er zum Führer der Opposition geworden, ohne sich mit der Regierung zu entzweien; er vertrat das Volk und verkehrte mit der Aristokratie. Man nannte ihn den Mann des Tages. Er war der Mann der Stunde: Sein Geist passte sich stets dem Augenblick und dem Orte an. Er dachte so wie alle; sein umfassender, gemeiner Geist entsprach dem Durchschnitt der Staatsbürger; seine ungeheure Mittelmäßigkeit löschte alles Große und Kleine um ihn aus: Man sah nichts als ihn. Schon seine Gesundheit hätte sein Glück gewährleisten müssen; sie war fest und klobig wie seine Seele. Als großer Trinker und großer Liebhaber gebratenen und frischen Fleisches nährte er sich von Freude und nahm sich den Löwenanteil aller irdischen Genüsse. Beim Anhören seiner wunderbaren Geschichten lachten Vierblatt und Waldteufel wie die übrigen; und während sie sich, mit dem Ellbogen anstießen, blinzelten sie nach dem Hemd hin, auf das Jeronimo die Soßen und Weine eines fröhlichen Mahles freigebig verschüttet hatte.

Der Botschafter eines hochmütigen Volkes, der dem König Christoph seine selbstsüchtige Freundschaft verschacherte, kam stolz und einsam über den Rasen geschritten. Er trat auf den großen Mann zu und verbeugte sich leicht vor ihm. Sofort verwandelte Jeronimo sich. Eine heitere Würde, eine überlegene Ruhe verbreitete sich über seine Züge, und seine bisher schallende Stimme schmeichelte dem Ohre des Botschafters mit den edelsten Huldigungen der Sprache. Seine ganze Haltung drückte Übereinstimmung in den auswärtigen Angelegenheiten, den Geist der Kongresse und Konferenzen aus; bis auf seine umgewürgte Krawatte, sein sich blähendes Hemd und sein elefantenmäßiges Beinkleid nahm alles an ihm, wie durch ein Wunder, diplomatische Würde und das Air der Botschafter an.

Die Gäste zogen sich zurück, und die beiden berühmten Männer plauderten lange in freundschaftlichem Ton miteinander. Sie schienen auf vertrautem Fuße zu stehen, was von den Politikern und den Damen vom ›Fache‹ sehr beachtet und kommentiert wurde.

»Jeronimo«, sagte einer von ihnen, »wird Minister des Auswärtigen, sobald er will.«

»Sobald er es ist«, erwiderte ein anderer, »steckt er den König in die Tasche.«

Die österreichische Botschafterin musterte ihn durch ihr Lorgnon und sagte: »Der Bursche hat Verstand. Er wird es weit bringen.«

Nach Beendigung dieses Zwiegespräches machte Jeronimo einen Gang durch den Park, mit seinem getreuen Jobelin, einer Art Stelzvogel mit Eulengesicht, der nie von ihm wich.

Der erste Staatssekretär und der Oberstallmeister folgten ihm.

»Wir müssen sein Hemd haben«, sagte Vierblatt ganz leise. »Aber wird er es hergeben? Er ist Sozialist und bekämpft die Regierung des Königs.«

»Bah, er ist kein boshafter Kerl«, erwiderte Waldteufel, »und er hat Geist, Er kann keine Veränderung wünschen, denn er gehört ja zur Opposition. Er trägt keine Verantwortung; seine Stellung ist ausgezeichnet. Ein guter Oppositionsmann ist stets konservativ. Täuscht mich nicht alles, so würde es diesen Demagogen sehr verdrießen, seinem König zu schaden. Wenn man es geschickt anfängt, kriegt man das Hemd schon. Er wird mit dem Hofe paktieren, wie Mirabeau. Er muss nur sicher sein, dass das Geheimnis gewahrt bleibt.«

Während sie so sprachen, schritt Jeronimo vor ihnen her, den Hut auf einem Ohre, indem er seinen Stock in der Luft kreisen ließ und seiner fröhlichen Laune in Späßen, Scherzen, Gelächter, Ausrufen und Trillern, in unanständigen Wortspielen, zotigen und schmutzigen Kalauern Luft machte. Da begegnete fünfzehn Schritte vor ihm der Herzog von Aulnes, der Schiedsrichter des guten Geschmacks und der Fürst der Jugend, einer Bekannten und begrüßte sie sehr einfach mit einer kurzen Geste, die nicht ohne Anmut war. Der Tribun beobachtete ihn mit aufmerksamem Blick, dann wurde er finster und nachdenklich, legte seine schwere Hand auf die Schulter des Stelzbeinigen und sagte: »Jobelin, ich gäbe meine Popularität und zehn Jahre meines Lebens hin, wenn ich den Frack so trüge und so mit den Frauen reden könnte wie der Geck da.«

Sein Frohsinn war verschwunden. Er ging jetzt trübsinnig, mit gesenktem Kopf und blickte ohne Freude auf seinen Schatten, den der höhnische Mond ihm zwischen die Beine warf wie einen chinesischen Hampelmann.

»Was hat er gesagt? ...«, fragte Vierblatt besorgt. »Macht er sich lustig?«

»Er war nie aufrichtiger und ernster«, erwiderte Waldteufel. »Er hat uns soeben die Wunde gezeigt, die ihn quält. Jeronimo ist untröstlich, dass es ihm an Vornehmheit und Eleganz fehlt. Er ist nicht glücklich. Ich gebe keine vier Dreier für sein Hemd.«

Die Zeit verstrich, und die Suche nach dem Hemd schien mühselig zu werden. Der Staatssekretär und der Stallmeister beschlossen, jeder für sich zu suchen, und kamen überein, sich während des Soupers in dem kleinen gelben Salon zu treffen, um sich das Resultat ihrer Nachforschungen mitzuteilen. Vierblatt stellte vornehmlich den hohen Militärs, dem Hochadel und den Großgrundbesitzern nach und verabsäumte auch nicht, sich bei den Damen zu erkundigen. Waldteufel, der scharfblickender war, las in den Augen der Geldleute und prüfte die Nieren der Diplomaten.

Sie trafen sich zur verabredeten Stunde, alle beide müde und mit langem Gesicht.

»Ich sah nur Glückliche«, sagte Vierblatt, »und ihrer aller Glück hatte einen Knacks. Die Militärs dürsten nach einem Orden, einer Beförderung oder Dotation. Die Vorteile und Ehren, die ihren Nebenbuhlern zufallen, zerfressen ihnen die Leber. Bei der Kunde, dass der General von Klingling zum Herzog der Comoren erhoben worden ist, sah ich sie gelb werden wie Lakritzenwasser und grün wie Eidechsen.

Einer von ihnen wurde feuerrot: nämlich vom Schlagfluss. Unsere Edelleute platzten zugleich vor Langweile und vor Ärger wegen ihrer Güter; ewig prozessieren sie mit den Nachbarn, werden von den Gerichten bedrängt und schleppen ihren drückenden Müßiggang sorgenvoll weiter.«

»Ich fand nichts Besseres als Sie!«, sagte Waldteufel. »Und was mich verblüfft, ist, dass die Menschen entgegengesetzte Motive und widersprechende Gründe zum Leiden haben. Ich sah den Prinzen von Estella unglücklich, weil seine Frau ihn hintergeht; er liebt sie nicht etwa, doch er besitzt Eigenliebe. Und der Herzog von Malvert ist unglücklich, weil seine Frau ihn nicht betrügt und ihm so die Mittel nimmt, sein verschuldetes Haus wieder hochzubringen. Dem einen sind seine Kinder zur Last; der andere ist verzweifelt, dass er keine hat. Ich fand Städter, die nur davon träumen, auf dem Lande zu leben, und Landleute, die durchaus in die Stadt ziehen wollen. Zwei Männer mit Ehrenhändeln schütteten mir ihr Herz aus. Der eine war untröstlich, weil er einen, der ihm seine Mätresse genommen hatte, im Duell erschossen hatte, der zweite war verzweifelt, weil er seinen Nebenbuhler verfehlt hatte.«

»Ich hätte nie geglaubt«, seufzte Vierblatt, »dass es so schwierig sei, einem Glücklichen zu begegnen.«

»Vielleicht«, wandte Waldteufel ein, »fangen wir's auch nicht richtig an. Wir suchen auf gut Glück, ohne Methode; wir wissen eigentlich gar nicht, was wir suchen. Wir haben das Glück nicht näher bestimmt. Definieren wir es.«

»Das wäre verlorene Zeit«, antwortete Vierblatt.

»Ich bitte um Verzeihung«, erwiderte Waldteufel. »Wenn wir es definiert, das heißt begrenzt, bestimmt, nach Ort und Zeit festgelegt haben, so haben wir mehr Möglichkeiten, es zu finden.«

»Ich glaube nicht«, sagte Vierblatt.

Trotzdem kamen sie überein, den gelehrtesten Mann im Königreiche, Herrn Heißwasser, den Direktor der Königlichen Bibliothek, um Rat zu fragen.

Die Sonne war bereits aufgegangen, als sie das Schloss wieder betraten. Christoph V. hatte eine schlaflose Nacht verbracht und verlangte ungeduldig nach dem heilenden Hemd. Sie entschuldigten sich für die Verspätung und stiegen in den dritten Stock hinauf, wo Herr Heißwasser sie in einem riesigen Saale empfing, der achthunderttausend gedruckte Bände und Manuskripte enthielt.

Die Königliche Bibliothek

Der Bibliothekar lud sie ein, Platz zu nehmen, und wies dann mit einer Handbewegung auf die Unmenge Bücher, die an den vier Wänden vom Boden bis zur Decke aufgestellt waren.

»Hören Sie nichts?«, fragte er. »Hören Sie den Lärm nicht, den sie machen? Mir sind die Trommelfelle davon geplatzt. Sie sprechen alle durcheinander, in allen Sprachen. Sie disputieren über alles: über Gott, Natur und Mensch, über Raum und Zeit, über die Zahlen, das Erkennbare und Unerkennbare, über Gut und Böse; sie untersuchen alles, behaupten alles, bestreiten alles, leugnen alles. Sie reden Vernunft und faseln. Manche sind leichtfertig, manche gründlich, lustig und traurig, weitschweifig und gedrängt; mehrere reden, um nichts zu sagen, zählen Silben und sammeln Laute nach Gesetzen, deren Ursprung und Sinn sie selber nicht verstehen: Das sind die selbstzufriedensten. Einige sind von strenger und finsterer Art; sie spekulieren nur über Gegenstände, die jeder Sinnlichkeit bar und aus allen natürlichen Zusammenhängen sorgsam herausgelöst sind; sie bewegen sich im Leeren und tummeln sich in den unsichtbaren Kategorien des Nichts; und das sind hartnäckige Streiter, die ihre geistigen Wesenheiten und Symbole mit blutgieriger Wut verfechten. Ich will mich nicht bei denen aufhalten, die über ihre Zeit oder vergangene Zeiten Geschichten schreiben, denn niemand glaubt sie ihnen. Es sind im ganzen achtmalhunderttausend in diesem Saale: und nicht zwei darunter denken völlig gleich über irgendeinen Gegenstand; und die, welche sich gegenseitig wiederholen, sind sich untereinander nicht einig. Sie wissen meistenteils nicht, was sie sagen, noch was die andern gesagt haben.

Meine Herren, wenn ich diesen allgemeinen Spektakel mitanhöre, so werde ich schließlich verrückt, wie alle, die vor mir in diesem Saale voller Stimmengewirr lebten, wofern sie nicht von Natur idiotisch waren wie mein verehrter Kollege, Herr Kaltengrund, den Sie mir gegenübersitzen sehen und der mit friedlichem Eifer katalogisiert. Er ist einfach geboren und einfach geblieben. Er war völlig einfach und ist nie vielfach geworden; denn die Einheit kann nie die Vielfalt hervorbringen, und darin, meine Herren, liegt - wie ich nebenbei bemerken möchte - die erste Schwierigkeit, der wir begegnen, wenn wir dem Ursprung der Dinge nachgehen; da die Ursache nicht einfach sein kann, so muss sie zwiefach, dreifach, vielfach sein, was schwer zu begreifen ist. Herr Kaltengrund ist von einfachem Geist und reiner Seele. Er lebt katalogisch. Von all den Bänden, die diese Wände zieren, kennt er Format und Titel und besitzt so das einzige exakte Wissen, das man in einer Bibliothek erwerben kann; und da er nie in ein Buch geguckt hat, so blieb er bewahrt vor der weichlichen Ungewissheit, dem hundertmündigen Irrtum, dem furchtbaren Zweifel, der schrecklichen Ungewissheit - lauter Ungeheuern, die das Lesen in einem fruchtbaren Hirn ausbrütet. Er ist ruhig und friedlich; er ist glücklich.«

»Er ist glücklich!«, riefen die beiden Hemdsucher in einem Atem.

»Er ist glücklich«, wiederholte Herr Heißwasser, »doch er weiß es nicht. Und vielleicht ist man es nur unter dieser Bedingung.«

»Ach«, sagte Waldteufel, »das ist kein Leben, wenn man nicht weiß, dass man lebt; das ist kein Glück, wenn man nicht weiß, dass man glücklich ist.«

Doch Vierblatt, der den logischen Schlüssen misstraute und sich in allen Dingen nur auf die Erfahrung verließ, trat an den Tisch, an dem Kaltengrund inmitten eines Haufens von alten Büchern katalogisierte, die in Kalbleder, Schafleder, Maroquin, Pergament, Schweinsleder und Holzbretter gebunden waren und nach Staub, Stockflecken, Mäusen und Ratten rochen.

»Herr Bibliothekar«, sagte er zu ihm, »seien Sie so gut, mir zu antworten. Sind Sie glücklich?«

»Ich kenne kein Werk unter diesem Titel«, sagte der alte Katalogmann.

Vierblatt erhob verzweifelt die Arme und setzte sich wieder an seinen Platz.

»Bedenken Sie, meine Herren«, sagte Heißwasser, »dass die alte Kybele Herrn Kaltengrund auf ihrem blühenden Busen trägt und mit ihm einen ungeheuren Kreis um die Sonne beschreibt und dass die Sonne Herrn Kaltengrund mitsamt der Erde und all ihren Trabanten von Sternen durch die Abgründe des Raumes nach dem Sternbild des Herkules hinzieht. Wozu? Von den achtmalhunderttausend Bänden, die um uns versammelt sind, kann keiner es uns sagen. Wir wissen es nicht - und alles Übrige ebenso wenig. Meine Herren wir wissen nichts. Die Gründe unserer Unwissenheit sind zahlreich, doch ich bin überzeugt, der Hauptgrund liegt in der Unvollkommenheit der Sprache. Die Unbestimmtheit der Worte verursacht die Verwirrung unserer Gedanken. Wenn wir uns mehr Mühe gäben, die Ausdrücke, mit deren Hilfe wir Schlüsse ziehen, besser zu definieren, so wären unsere Gedanken klarer und sicherer.«

»Was sagte ich Ihnen, Vierblatt!«, rief Waldteufel triumphierend.

Und sich an den Bibliothekar wendend: »Herr Heißwasser, was Sie mir da sagen, erfüllt mich mit Freude. Und ich sehe, wir kamen bei Ihnen an die rechte Adresse. Wir kommen, Sie um die Definition des Glücks zu bitten. Es geschieht im Dienste Seiner Majestät.«

»Ich will Ihnen nach bestem Vermögen antworten. Die Definition eines Wortes muss etymologisch und gründlich sein. Was versteht man unter Glück? So fragen Sie mich. Glück, das ist Gelingen, bonum augurium, das heißt eine günstige Vorhersage aus Vogelflug und Vogelrufen, wohingegen Unglück, malum augurium, ein unglückliches Ergebnis der Untersuchung des Federviehs bedeutet.«

»Aber«, fragte Vierblatt, »wie kann man erkennen, ob ein Mensch glücklich ist?«

»Aus der Untersuchung der Hühner!«, antworte der Bibliothekar.

»Die Eingeweideschau der Opferhühner«, wandte der Oberstallmeister ein, »ist seit der Römerzeit nicht mehr Mode.«

»Aber«, fragte Waldteufel, »ein Glücklicher, ist das nicht ein Mensch, dem der Zufall hold ist, und gibt es nicht gewisse äußere, sichtbare Zeichen dafür?«

»Der Zufall«, antwortete Heißwasser, »das ist das, was gut oder schlecht ausfällt, das ist das Würfelspiel. Wenn ich Sie recht verstehe, meine Herren, so suchen Sie einen Glücklichen, einen Menschen, den der Zufall begünstigt, für den die Vögel nur gute Vorzeichen haben und dem die Würfel beständig gut fallen. Diesen seltenen Sterblichen müssen Sie unter denen suchen, die ihr Leben beschließen, besonders unter denen, die schon auf dem Totenbett liegen, kurz, unter denen, die keine Hühner mehr zu befragen noch Würfel zu werfen haben. Denn die allein können sich eines getreuen Zufalls und eines beständigen Glückes rühmen. Hat Sophokles nicht in seinem ›König Ödipus‹ gesagt: ›Nennt keinen Menschen glücklich, eh' er stirbt?‹«

Diese Ratschläge missfielen Vierblatt, dem der Gedanke, das Glück nach der letzten Ölung zu suchen, wenig zusagte. Auch Waldteufel fand kein Vergnügen daran, den Sterbenden ihr Hemd wegzunehmen; doch da er Philosophie und Wissbegier besaß, fragte er den Bibliothekar, ob er keinen von den schönen Greisen kenne, die ihre glorreichen falschen Würfel zum letzten Male warfen.

Heißwasser schüttelte den Kopf, erhob sich, ging ans Fenster und trommelte gegen die Scheiben. Es regnete; der Exerzierplatz war leer. Im Hintergrund ragte ein Prunkpalast, dessen Attika mit Kriegstrophäen geschmückt war und dessen Giebel eine Kriegsgöttin zierte, die auf dem Helm eine Hydra, um die Brust einen Schuppenpanzer trug und ein Römerschwert schwang.

»Gehen Sie in den Palast dort«, sagte er schließlich.

»Wie!«, rief Waldteufel überrascht. »Zum Marschall von Volmar?«

»Ohne Zweifel. Welcher Sterbliche ward mehr vom Glücke begünstigt als der Sieger von Elbrüz und Baskir? Volmar ist einer der größten Feldherren, die je gelebt haben, und von allen der, dem das Glück am beständigsten treu war.«

»Das weiß die Welt«, sagte Vierblatt.

»Sie wird es nie vergessen«, fuhr der Bibliothekar fort.

»Der Marschall Stampfer, Herzog von Volmar, kam zu einer Zeit auf die Welt, als die Kriegswirren der Völker nicht mehr die ganze Erdoberfläche gleichzeitig in Brand setzten. Diese Undankbarkeit des Schicksals wusste er wettzumachen, indem er sich mit seinem Herzen und seinem Genie auf alle Stellen des Erdballes warf, wo ein Krieg ausbrach. Mit zwölf Jahren diente er in der Türkei und machte den Feldzug in Kurdistan mit. Seitdem hat er seine siegreichen Waffen in alle Teile der bekannten Welt getragen; er hat viermal den Rhein überschritten, mit so unverschämter Leichtigkeit, dass der alte schilfbekränzte, völkertrennende Strom sich dadurch gedemütigt und verspottet fühlte. Er hat noch geschickter als der Marschall von Sachsen den Lys-Abschnitt verteidigt; er hat die Pyrenäen überschritten, den Tajo-Übergang erzwungen, die Pässe des Kaukasus erschlossen und ist den Dnjepr hinaufmarschiert. Er hat alle Nationen Europas abwechselnd verteidigt und bekämpft und sein Vaterland dreimal gerettet.«

Der Marschall Herzog von Volmar

Heißwasser ließ die Feldzüge des Herzogs von Volmar kommen. Drei Bibliotheksdiener knickten unter der Last zusammen. Die geöffneten Atlanten bedeckten die Tische, soweit man sehen konnte.

»Hier, meine Herren, ist der Feldzug in der Steiermark, der Feldzug in der Pfalz, der Feldzug in Karaman, der im Kaukasus und der an der Weichsel. Die Stellungen und die Bewegungen der Armeen sind auf diesen Karten durch Rechtecke, die mit hübschen Fähnchen geziert sind, genau verzeichnet, und die Schlachtordnungen sind tadellos. Diese Ordnungen werden gewöhnlich nach der Schlacht bestimmt, und das Genie großer Heerführer besteht darin, sich zum Ruhme die Launen des Zufalls zum System zu erheben. Aber der Herzog von Volmar hat immer alles vorausgesehen.

Werfen Sie einen Blick auf diesen Plan der berühmten Schlacht bei Baskir, in der Volmar einen Sieg über die Türken davontrug. Er entfaltete hier das größte taktische Genie. Das Gefecht war seit fünf Uhr morgens im Gange, um vier Uhr nachmittags zogen sich Volmars Truppen, erschöpft und ohne Munition, regellos zurück. Der furchtlose Marschall hielt sich allein auf der Brücke, die über die Aluta geschlagen war, eine Pistole in jeder Hand, und schoss auf die Fliehenden. Er beendete seinen Rückzug, als er erfuhr, dass der Feind sich in wilder Flucht kopflos in die Donau stürzte. Da machte er kehrt, ging zur Verfolgung über und vernichtete ihn völlig. Dieser Sieg trug ihm eine Rente von fünfhunderttausend Franken ein und öffnete ihm die Pforten des Instituts.

Meine Herren, glauben Sie, einen Glücklicheren finden zu können als den Sieger von Elbrüz und Baskir? Er hat mit unveränderlichem Glück in vierzehn Feldzügen gefochten, sechzig Schlachten gewonnen und sein dankbares Vaterland dreimal vor dem Untergang gerettet. Mit Ruhm und Ehren überhäuft, verbringt er sein glorreiches Alter in Frieden und Reichtum und lebt über die den Menschen gewöhnlich vergönnte Frist hinaus.«

»Es ist wahr, er ist glücklich«, sagte Vierblatt. »Was halten Sie davon, Waldteufel?«

»Wir wollen ihn um eine Audienz bitten«, sagte der Staatssekretär.

Sie betraten den Palast und schritten durch das Vestibül, in dem sich das Reiterstandbild des Marschalls befand.

Auf dem Sockel standen die stolzen Worte: »Der Dankbarkeit des Vaterlandes und der Bewunderung der Welt vermache ich meine beiden Töchter Elbrüz und Baskir.« Die marmorne Ehrentreppe stieg in doppeltem Bogen zwischen waffen- und fahnengeschmückten Wänden empor, und der geräumige Vorplatz führte zu einer Tür, deren Flügel mit Trophäen und brennenden Granaten geschmückt waren; darüber glänzten die drei goldnen Kronen, die der König, das Parlament und die Nation dem Herzog von Volmar, dem Retter des Vaterlandes, zuerkannt hatten.

Waldteufel und Vierblatt blieben, von Ehrfurcht erstarrt, vor dieser geschlossenen Tür stehen. Bei dem Gedanken an den Helden, der hinter ihr lebte, befiel sie eine Erregung, die sie auf der Schwelle festnagelte; und sie wagten nicht, so vielem Ruhm entgegenzutreten.

Waldteufel entsann sich der Denkmünze, die zur Erinnerung an die Schlacht von Elbrüz geprägt worden war. Auf ihrer Vorderseite stand der Marschall, eine geflügelte Viktoria krönend, mit der stolzen Umschrift: ›Victoria Caesarem et Napoleonem coronavit; major autem Volmarus coronat Victoriam.‹ Und er flüsterte: »Dieser Mann ist hundert Klafter hoch.«

Vierblatt presste beide Hände gegen sein Herz, das zum Zerspringen pochte.

Sie hatten ihre Fassung noch nicht wiedererlangt, als sie schrilles Geschrei vernahmen, das aus dem Hintergrund der Gemächer zu dringen schien und allmählich näher kam. Es war eine kläffende Frauenstimme, mit dem Geräusch von Schlägen vermischt und von schwachen Seufzern gefolgt. Plötzlich flogen die Türflügel auf, und ein winziger Greis, von einer kräftigen Dienstmagd mit Fußtritten befördert, sauste wie eine Gliederpuppe auf die Marmorstufen, kollerte kopfüber die Treppe hinunter und fiel schließlich geknickt, verrenkt und zerbrochen ins Vestibül zu Füßen der feierlichen Lakaien, die ihn aufhoben. Es war der Herzog von Volmar. Die Magd mit zerzaustem Haar und offenen Kleidern schrie von oben herab: »Lasst ihn doch liegen. So was rührt man nur mit dem Besen an.« Und eine Flasche schwenkend: »Er wollte mir meinen Schnaps fortnehmen! Wie kommt er dazu? Ha, pack dich doch, altes Gerippe! Ich hab' dich weiß Gott nicht gerufen, altes Aas!«

Vierblatt und Waldteufel entflohen mit großen Schritten aus dem Palaste. Als sie auf dem Exerzierplatz standen, machte Waldteufel die Bemerkung: »Bei seinem letzten Würfelspiel war der Held nicht glücklich.«

»Vierblatt«, setzte er hinzu, »ich sehe ein, dass ich mich geirrt habe. Ich wollte mit exakter, strenger Methode vorgehen; ich hatte unrecht. Die Wissenschaft führt uns irre. Kehren wir zum gesunden Menschenverstand zurück. Man findet sich nur mit dem gröbsten Empirismus zurecht. Suchen wir das Glück, ohne es bestimmen zu wollen.

Vierblatt erging sich lang und breit in Anschuldigungen und Invektiven gegen den Bibliothekar, den er für einen Freund schlechter Scherze erklärte. Was ihn am meisten erboste, war die Zerstörung seines Glaubens, die Besudlung des Kults, den er mit dem entehrten Nationalhelden getrieben hatte. Er litt darunter. Sein Schmerz war edel, und sicherlich tragen die edlen Schmerzen ihre Linderung und sozusagen ihren Lohn in sich: Sie ertragen sich leichter und besser, mit leichterem Mute als die selbstsüchtigen und eigennützigen Schmerzen. Es wäre ungerecht, es anders zu wünschen. Und so hatte denn Vierblatt auch bald die Seele wieder frei und den Geist klar genug, um zu bemerken, dass der Regen auf seinen Zylinder fiel und ihm den Glanz nahm; und er seufzte: »Wieder ein Hut futsch!«

Er war Soldat gewesen und hatte seinem König einst als Dragonerleutnant gedient. Darum kam er auf einen Einfall: Er ging zur Generalstabs-Buchhandlung an der Ecke der Marstallstraße und kaufte sich eine Karte des Königreichs und einen Plan der Hauptstadt.

»Man soll nie ohne Karten ins Feld ziehen«, sagte er. »Aber der Teufel weiß, wie man sie lesen soll. Hier ist unsere Hauptstadt mit ihrer Umgebung. Wo soll ich anfangen, im Norden oder Süden, im Osten oder Westen? Man hat beobachtet, dass die Städte sich alle nach Westen ausdehnen. Vielleicht liegt darin ein Wink, der zu beherzigen ist. Es ist möglich, dass die Bewohner der westlichen Stadtviertel, die vor den Tücken des Ostwinds geschützt sind, sich besserer Gesundheit und gleichmäßigerer Laune erfreuen und glücklicher sind. Oder fangen wir mit den reizenden Höhenzügen an, die den Flusslauf sechs Meilen südlich von der Stadt begleiten. Dort wohnen zu dieser Jahreszeit die reichsten Familien des Landes. Und was man auch sagt: Unter den Glücklichen muss man einen Glücklichen suchen!«

»Vierblatt«, entgegnete der Staatssekretär, »ich bin kein Feind der Gesellschaft und kein Gegner der öffentlichen Wohlfahrt. Ich spreche von den Reichen als ehrlicher Mann und als guter Staatsbürger. Die Reichen sind der Verehrung und Liebe würdig; sie erhalten den Staat, indem sie sich noch bereichern; und wohltätig, selbst ohne es zu wollen, ernähren sie eine Menge Menschen, die an der Erhaltung und dem Wachstum ihres Vermögens arbeiten. Oh! Wie schön, wie würdig und vortrefflich ist der Privatreichtum! Wie muss er von dem weisen Gesetzgeber geschont und geschützt werden, wie muss es ihm leicht gemacht werden, und wie unbillig, perfid, unredlich und den heiligsten Gesetzen, den achtbarsten Interessen zuwider und dem Staatssäckel verderblich ist es, den Reichtum zu schröpfen! Es ist eine soziale Pflicht, an die Güte der Reichen zu glauben; es ist auch hold, an ihr Glück zu glauben. Wohlan, Vierblatt!«

Von den Beziehungen zwischen Glück und Reichtum

Entschlossen, sich zuerst zum Reichsten und Besten zu begeben, zu Jakob Felgin-Cobur, der Goldbergwerke, Diamantminen und Petroleummeere besaß, gingen sie lange an den Mauern seines Parks entlang, der ungeheure Wiesenflächen, Wälder, Pachthöfe und Dörfer umschloss; und an jedem Tor des Besitztums, wo sie sich meldeten, schickte man sie zu einem anderen. Des Hin- und Herlaufens und Umkehrens müde, erblickten sie einen Chausseearbeiter, der auf der Straße vor einem wappengeschmückten Gitter Steine klopfte. Sie fragten ihn, ob man durch diesen Eingang zu Herrn Jakob Felgin-Cobur gelange, den sie zu sprechen wünschten.

Der Mann richtete sein mageres Rückgrat mühselig empor und blickte sie durch seine Steinklopferbrille mit hohlem Antlitz an.

»Herr Jakob Felgin-Cobur, das bin ich«, sagte er.

Und als er sie überrascht sah: »Ich klopfe Steine: Das ist meine einzige Zerstreuung.«

Damit krümmte er sich von Neuem und schlug mit seinem Hammer auf einen Feldstein, der mit hartem Klange zersprang.

Während sie fortgingen, sagte Waldteufel: »Er ist zu reich. Sein Vermögen zermalmt ihn. Er ist unglücklich.«

Vierblatt wollte nun zum Nebenbuhler von Jakob Felgin-Cobur, dem Eisenkönig Joseph Machero gehen, dessen nagelneues Schloss auf der nächsten Anhöhe mit seinen zinnengekrönten Türmen und den mit Pechnasen versehenen, von Warten starrenden Mauern furchtbar emporragte. Waldteufel redete ihm ab.

»Sie haben sein Bild gesehen. Er sieht elend aus; durch die Zeitungen weiß man, dass er Pietist ist, wie ein Bettler lebt, Knaben bekehrt und in der Kirche Psalmen singt. Gehen wir lieber zum Fürsten von Lausitz. Das ist ein echter Aristokrat, der sein Vermögen zu genießen weiß. Er flieht den Verdruss der Ämter und geht nicht zu Hofe. Er ist ein Liebhaber von Gärten und besitzt die schönste Gemäldegalerie im Königreiche.«

Sie ließen sich anmelden. Der Fürst von Lausitz empfing sie in seinem Antikenkabinett, wo sich die beste bekannte Kopie der Knidischen Venus befand, das Werk eines wahrhaft praxitelischen Meißels, von höchster Anmut. Die Göttin schien noch feucht von der Meeresflut. Ein Münzenschrank aus Rosenholz, einst im Besitz der Pompadur, enthielt die schönsten Gold- und Silbermünzen Griechenlands und Siziliens. Der Fürst, ein großer Kenner, führte selbst den Katalog seiner Sammlung. Seine Lupe lag noch auf der Vitrine der geschnittenen Steine herum: Jaspis, Onyx; Chalzedon und Sardonyx, die mit Figuren von hohem Stil in der Größe eines Fingernagels, mit Gruppen von prächtiger Fülle bedeckt waren. Mit liebender Hand hob er einen kleinen bronzenen Faun von einem Tisch auf, um seine Besucher dessen zierliche Formen und die Patina bewundern zu lassen; und seine Worte waren des Meisterwerks, das er erklärte, würdig.

»Ich erwarte«, sagte er, »eine Sendung von antikem Silber: Becher und Tassen, die schöner sein sollen als der Hildesheimer Silberfund und die Stücke von Boscoreale. Ich brenne darauf, sie zu sehen. Herr von Caylus kannte kein größeres Vergnügen, als Kisten auspacken. So geht es mir auch.«

Waldteufel lachte: »Trotzdem, verehrter Fürst, heißt es, dass Sie in allen Arten von Vergnügen erfahren sind.«

»Sie wollen mir schmeicheln, Herr von Waldteufel. Doch ich glaube, dass die Kunst des Vergnügens die allererste ist und die andern nur insofern Wert haben, als sie zu jener beitragen.«

Damit führte er seine Gäste in die Gemäldegalerie, in der die silbernen Töne Veroneses mit der Bernsteinfarbe Tizians, das Brandrot Rembrandts mit dem Grau und Rosa von Velasquez zusammenklangen und alle Paletten eine glorreiche Tonharmonie bildeten. Eine Violine schlief vergessen auf einem Fauteuil vor dem Bildnis einer Dame in Braun mit Madonnenscheitel und olivenfarbenem Teint; ihre großen kastanienbraunen Augen ließen die Wangen schmal erscheinen. Eine Unbekannte, deren Formen Ingres mit liebkosender Meisterhand gezeichnet hatte.

»Ich will Ihnen meine Marotte gestehen«, sagte der Fürst von Lausitz. »Bisweilen, wenn ich allein bin, spiele ich vor diesen Bildern. Ich bilde mir ein, den Wohlklang der Farben und Linien auszudrücken. Vor diesem Frauenbildnis suche ich die kraftvolle, liebkosende Zeichnung wiederzugeben, und entmutigt lasse ich meine Violine sinken.«

Ein Fenster ging auf den Park. Der Fürst und seine Gäste lehnten sich an die Brüstung.

»Welch schöne Aussicht!«, riefen Vierblatt und Waldteufel aus.

Über Terrassen, mit Statuen, Orangenbäumen und Blumen bedeckt, führten sanft geneigte, bequeme Treppen zu einem von Hainbuchenhecken umgebenen Rasenplatz und zu Wasserbecken, deren Nass in weißen

Strahlen aus den Muscheln von Tritonen und den Urnen von Nymphen sprudelte. Rechts und links dehnte ein Meer von Grün seine besänftigten Wogen bis zu dem fernen Flusse, dessen Silberfaden am Fuße der in rosigen Duft gehüllten Höhen unter Pappeln aufblinkte.

Der Fürst, bisher frohgelaunt, heftete einen kummervollen Blick auf einen Punkt dieser weiten, herrlichen Aussicht.

»Dieser Schornstein!«, murmelte er mit veränderter Stimme, während er mit dem Finger auf einen Fabrikschlot wies, der mehr als eine halbe Meile vom Park entfernt qualmte. »Dieser Schornstein? Man sieht ihn ja gar nicht«, sagte Vierblatt.

»Ich sehe nur ihn«, antwortete der Fürst. »Er verdirbt mir die ganze Aussicht, er verdirbt mir die ganze Natur, er verdirbt mir das Leben. Dies Übel ist unabwendbar. Er gehört einer Gesellschaft, die ihre Fabrik um keinen Preis abtreten will. Ich habe alles Mögliche versucht, um ihn zu verdecken; es ging nicht. Ich bin krank davon.«

Und das Fenster verlassend, warf er sich in einen Fauteuil.

»Das hätten wir voraussehen müssen«, sagte Vierblatt, als sie den Wagen bestiegen. »Das ist ein Sensitiver; er ist unglücklich.«

Ehe sie ihre Nachforschungen fortsetzten, kehrten sie für eine Weile in dem Gärtchen eines Wirtshauses ein, das auf der Spitze der Anhöhe lag. Von hier aus überblickte man das schöne Tal und den klaren Fluss mit seinen länglichen Inseln. Den beiden schlimmen Erfahrungen zum Trotz hofften sie, einen glücklichen Milliardär zu entdecken. Es blieb ihnen noch ein Dutzend in der Gegend zu besuchen, darunter Herr Bloch, Herr Töpfer, der Baron Nikol, der größte Industrielle des Königreichs, und der Marquis von Granthsome, vielleicht der Allerreichste und der Spross einer berühmten Familie, die ebenso mit Ruhm wie mit Gütern gesegnet war.

Neben ihnen saß ein hochgewachsener, magerer Mann, zusammengeknickt und schlaff wie ein Kopfkissen, und trank ein Glas Milch. Seine vorstehenden, fahlen Augen quollen ihm bis auf die Backen herab; die Nase hing ihm über den Mund. Er schien schmerzlich bedrückt und blickte betrübt auf Vierblatts Füße.

Nach einer Betrachtung von zwanzig Minuten erhob er sich finster und entschlossen, trat an den Oberstallmeister heran und sagte, sich für die Belästigung entschuldigend: »Gestatten Sie mir eine Frage, mein Herr, die für mich von äußerster Wichtigkeit ist. Wie viel bezahlen Sie für Ihre Stiefel?«

»Trotz der Seltsamkeit der Frage«, antwortete Vierblatt, »sehe ich nicht ein, warum ich sie nicht beantworten soll. Ich habe für dieses Paar fünfundsechzig Franken bezahlt.«

Lange betrachtete der Unbekannte abwechselnd seinen Fuß und den seines Partners und verglich beider Schuhzeug mit scharfem Blick.

Dann sagte er, blass und mit erregter Stimme: »Sie sagen, Sie bezahlten für diese Stiefel fünfundsechzig Franken. Sind Sie dessen sicher?«

»Gewiss.«

»Mein Herr, bedenken Sie doch, was Sie sagen ...!«

»Na«, brummte Vierblatt, dem die Sache langweilig zu werden begann, »Sie sind ein spaßhafter Schuhmacher, Herr.«

»Ich bin kein Schuhmacher«, antwortete der Fremde mit demütiger Miene, »ich bin der Marquis von Granthsome.«

Vierblatt grüßte ihn.

»Mein Herr«, fuhr der Marquis fort, »ich ahnte es: ach, ich bin wieder bestohlen! Sie bezahlen für Ihre Stiefel fünfundsechzig Franken, und mich kosten meine, die den Ihren völlig gleich sind, neunzig. Es ist nicht des Preises wegen: Der ist mir ganz einerlei; aber ich kann es nicht vertragen, bestohlen zu werden. Ich sehe, ich atme ringsum nichts als Unredlichkeit, Betrug, Diebstahl und Lüge; mir graust vor meinem Reichtum, der alle verdirbt, die mir näherkommen: Dienstboten, Verwalter, Lieferanten, Nachbarn, Freunde, Frau und Kinder. Mein Geld ist mir verhasst und verächtlich. Meine Lage ist furchtbar. Ich bin nie sicher, ob ich nicht einen Unehrlichen vor mir habe. Und ich sterbe vor Ekel und Abscheu, weil ich selber zum Menschengeschlecht gehöre.«

Damit beugte sich der Marquis wieder über seine Tasse Milch und stöhnte: »Fünfundsechzig Franken! Fünfundsechzig Franken ...!«

In diesem Augenblick ertönten Klagen und Seufzer auf der Straße, und die beiden Abgesandten des Königs sahen einen jammernden Greis kommen, von zwei galonierten Dienern gefolgt.

Dieser Anblick erregte ihr Mitleid. Doch der Wirt sagte sehr gleichgültig: »Es ist nichts, es ist der Baron Nikol, der so reich ist! ... Er ist verrückt geworden; er hält sich für ruiniert und jammert Tag und Nacht.«

»Der Baron Nikol!«, rief Waldteufel aus. »Wieder einer von denen, die Sie um ihr Hemd bitten wollten, Vierblatt!«

Bei dieser letzten Begegnung gaben sie es auf, das heilende Hemd bei den Reichsten im Königreiche zu suchen. Da sie mit ihrem Tagewerk unzufrieden waren und einen üblen Empfang im Schlosse fürchteten, machten sie sich gegenseitig für ihren Misserfolg verantwortlich.

»Wie konnten Sie auch nur den Einfall haben, Vierblatt«, sagte Waldteufel, »zu diesen Leuten zu gehen, um etwas anderes als Studien über Missbildungen zu treiben! Sitten, Vorstellungen, Empfindungen, nichts ist bei ihnen gesund, nichts normal. Es sind Ungeheuer.«

»Was! Hatten Sie mir nicht gesagt, Waldteufel«, begann der andere, »dass Reichtum eine Tugend sei, dass es recht sei, an die Güte der Reichen, und hold, an ihr Glück zu glauben? Aber sehen Sie sich vor, es gibt solchen und solchen Reichtum. Wenn der Adel arm und der Bürgerstand reich ist, so ist das die Zerrüttung des Staates und das Ende von allem.«

»Vierblatt, es tut mir leid, Ihnen, das sagen zu müssen; aber Sie haben keine Idee von der modernen Staatsverfassung. Sie verstehen die Zeit nicht, in der wir leben. Doch das tut nichts. Wie wäre es, wenn wir die goldne Mittelmäßigkeit ausforschten? Was denken Sie? Ich glaube, das Klügste wäre, morgen zu den Empfängen der Damen der Hauptstadt, der bürgerlichen wie der adligen, zu gehen. Wir können dabei alle Arten von Menschen beobachten; und wenn Sie auf mich hören wollen, so besuchen wir zuerst die Bürgerfrauen in bescheidener Lage.«

Die Salons der Hauptstadt

So geschah es. Sie sprachen zuerst bei Frau Suppe vor, der Gattin eines Nahrungsmittelfabrikanten, der eine Fabrik im Norden hatte. Sie fanden Herrn und Frau Suppe unglücklich, weil sie nicht von Frau Sterling empfangen wurden, der Gattin eines Hüttenbesitzers und Abgeordneten. Sie begaben sich zu Frau Sterling und fanden sie sowie Herrn Sterling verzweifelt, weil sie nicht von Frau von Colombier empfangen wurden, der Gattin eines Herrenhausmitglieds und früheren Justizministers. Sie gingen zu Frau von Colombier und fanden sie und ihren Gemahl wütend, weil sie nicht zu den Intimen der Königin gehörten.

Die Besucher, die sie in diesen verschiedenen Häusern trafen, waren nicht weniger unglücklich, verzweifelt oder wütend. Krankheit, Herzenskummer und Geldsorgen nagten an ihnen. Die Besitzenden fürchteten zu verlieren und waren unglücklicher als die, welche nichts hatten. Die Niedrigstehenden wollten etwas vorstellen, die Berühmten mehr. Die meisten wurden von Arbeit erdrückt, und die, welche nichts zu tun hatten, litten unter einer Langweile, die grausamer war als die härteste Arbeit. Mehrere litten für andere mit, für ihre Frau, ein geliebtes Kind. Viele siechten an einer Krankheit dahin, die sie gar nicht hatten, aber zu haben glaubten, oder deren Nahen sie fürchteten. Eine Choleraepidemie hatte in der Hauptstadt gewütet, und man erzählte von einem Geldmanne, der aus Furcht vor Ansteckung und nicht wissend, wo er sich in Sicherheit bringen sollte, Selbstmord beging.

»Das Schlimmste ist«, sagte Vierblatt, »dass alle diese Leute, nicht zufrieden mit den wirklichen Übeln, die hageldicht auf sie herabregnen, noch in einen Sumpf eingebildeter Leiden hineinrennen.«

»Es gibt keine eingebildeten Leiden«, antwortete Waldteufel. »Alle Leiden sind wirklich, sobald man sie spürt, und der Traum vom Schmerz ist ein wirklicher Schmerz.«

»Immerhin«, erwiderte Vierblatt. »Wenn ich Steine von der Größe eines Enteneies in meinem Harn habe, so möchte ich schon, dass es ein Traum wäre.«

Waldteufel kam wieder auf die Beobachtung zurück, dass die Menschen sehr oft aus entgegengesetzten und sich widersprechenden Gründen betrübt sind.

Im Salon von Frau von Colombier plauderte er abwechselnd mit zwei geistvollen, aufgeklärten, gebildeten Männern, die durch die Wendungen und Umwege, mit denen sie, sich selber unbewusst, ihren Gedanken Ausdruck verliehen, ihm das moralische Übel enthüllten, das sie völlig erfasst hatte. Die sozialen Verhältnisse waren für beide der Anlass ihres Kummers, doch in entgegengesetztem Sinne. Herr Brom lebte in beständiger Furcht vor einer Umwälzung. Bei der jetzigen Stabilität der Verhältnisse, im Schoße des Wohlstands und Friedens, dessen das Land sich erfreute, fürchtete er Unruhen und bangte vor einem völligen Umsturz. Nur zitternd öffneten seine Hände die Zeitungen; allmorgendlich war er darauf gefasst, von Aufruhr und Tumulten zu lesen. Unter diesem Eindruck verwandelte er die unbedeutendsten Ereignisse, die alltäglichsten Vorkommnisse in Sturmzeichen der Revolution und Vorboten des Zusammenbruchs. Stets wähnte er sich am Vorabend einer allgemeinen Katastrophe und lebte so in fortwährender Sorge.

Das entgegengesetzte Leiden, noch seltsamer und seltener, peinigte Herrn Sandrick. Die Ruhe langweilte ihn, die öffentliche Ordnung machte ihn ungeduldig, der Friede war ihm verhasst, die erhabene Eintönigkeit der menschlichen und göttlichen Gesetze brachte ihn um. Er wünschte insgeheim Umwälzungen herbei, und während er vorgab, sie zu fürchten, sehnte er sich nach Katastrophen. Dieser Mann, gut, leutselig, menschlich, konnte sich kein anderes Vergnügen denken als den gewaltsamen Umsturz seines Landes, des Erdballs, des Weltalls; bis in die Sternenwelt spähte er nach Zusammenstößen und Weltbränden. Enttäuscht und niedergeschlagen, trübsinnig und grämlich, wenn der Ton der Zeitungen und der Anblick der Straßen ihm die unerschütterliche Ruhe seines Volkes offenbarten, litt er umso mehr darunter, als er durch Menschenkenntnis und Erfahrung in den Geschäften wusste, wie stark der konservative Geist der Tradition, der Nachahmung und des Gehorsams in den Völkern ist und wie gleichmäßig und schleppend das soziale Leben fortschreitet.

Waldteufel bemerkte während des Empfanges bei Frau von Colombier ein andres Hindernis, das größer und folgenschwerer war.

In einer Ecke des kleinen Salons unterhielt sich Herr von Galissonnière, Präsident des Zivilgerichts, friedlich und leise mit Herrn Larive-Dumont, Direktor des Zoologischen Gartens.

»Ich will es Ihnen gestehen, mein Freund«, sagte Herr von Galissonnière, »der Gedanke an den Tod bringt mich um. Unaufhörlich denke ich daran, unaufhörlich sterbe ich. Der Tod entsetzt mich, nicht seiner selbst wegen – denn er ist nichts –, sondern um dessentwillen, was ihm folgt: das künftige Leben. Ich glaube daran: Ich habe die Gewissheit meiner Unsterblichkeit. Vernunft, Instinkt, Wissenschaft, Offenbarung, alles beweist mir das Vorhandensein einer unsterblichen Seele, alles zeigt mir die Natur, den Ursprung und das Ziel des Menschen so, wie die Kirche es lehrt. Ich bin Christ; ich glaube an die ewigen Strafen; das furchtbare Bild dieser Strafen verfolgt mich ohne Unterlass; die Hölle flößt mir Angst ein, und diese Angst ist stärker als jedes andere Gefühl und zerstört in mir jede Hoffnung und alle Tugenden, die zur Seligkeit nötig sind; sie stürzt mich in Verzweiflung und setzt mich der Verdammnis aus, die ich fürchte. Die Furcht vor der Verdammnis verdammt mich, die Angst vor der Hölle stürzt mich hinein, und schon bei Lebzeiten erdulde ich im Voraus die ewigen Qualen. Keine Marter lässt sich mit der vergleichen, die ich erleide und die sich von Jahr zu Jahr, von Tag zu Tag, von Stunde zu Stunde grausamer fühlbar macht; denn jeder Tag, jede Stunde bringt mich ja dem näher, wovor mir graut. Mein Leben ist ein Todeskampf voller Schrecken und Ängste.«

Während er so sprach, schlug der Beamte mit seinen Händen in die Luft, wie um die unauslöschlichen Flammen, von denen er sich umloht fühlte, zu vertreiben.

»Ich beneide Sie, teuerster Freund«, seufzte Herr Larive- Dumont. »Sie sind glücklich im Vergleich zu mir. Auch mich zerreißt der Gedanke an den Tod; doch wie anders ist diese Vorstellung als die Ihre und wie viel schauervoller! Meine Forschungen, meine Beobachtungen, die beständige Praxis der vergleichenden Anatomie und eingehende Studien über das Wesen der Materie haben mich nur zu sehr überzeugt, dass die Worte Seele, Geist, Unsterblichkeit, Unstofflichkeit nur physische Erscheinungen repräsentieren oder die Negation solcher Erscheinungen, und dass für uns das Lebensende auch das Ende des Bewusstseins ist, kurzum, dass der Tod unsere völlige Vernichtung bedeutet. Es gibt kein Wort, um das, was auf das Leben folgt, auszudrücken, denn der Ausdruck Nichts, den wir dafür anwenden, ist nur eine Verleugnung der gesamten Natur. Das Nichts ist ein unendliches Etwas, und dieses Etwas umgibt uns. Wir gehen daraus hervor und kehren dahin zurück; wir treiben zwischen zwei Nichts wie eine Muschel auf dem Meere. Das Nichts ist das Unmögliche und zugleich das Gewisse; es lässt sich nicht begreifen und ist doch vorhanden. Das Unglück der Menschen, sehen Sie, ihr Unglück und ihr Verbrechen ist, dass sie diese Dinge entdeckt haben. Die übrigen Tiere kennen sie nicht; wir sollten sie für alle Ewigkeit nicht kennen. Sein und Aufhören zu sein! Der Graus dieser Vorstellung lässt mir die Haare zu Berge stehen; er verlässt mich nicht mehr. Das, was nicht sein wird, verdirbt und entwertet mir das, was ist, und das Nichts verschlingt mich schon im Voraus. Entsetzliche Absurdität! Ich fühle, ich sehe mich vernichtet!«

»Ich bin mehr zu beklagen als Sie«, antwortete Herr von Galissonnière. »Jedes Mal, wenn Sie dieses Wort aussprechen, dies perfide und köstliche Wort Nichts, liebkost es sanft meine Seele und umschmeichelt mich, wie das Kopfkissen einen Kranken, mit dem Versprechen ruhigen Schlummers

Doch Larive-Dumont: »Meine Schmerzen sind unerträglicher als die Ihren, denn der große Haufe findet sich in die Vorstellung einer ewigen Hölle, während es ungewöhnlicher Geisteskraft bedarf, um Atheist zu sein. Religiöse Erziehung und mystische Denkweise flößten Ihnen die Furcht vor dem menschlichen Leben und den Hass darauf ein. Sie sind nicht nur ein katholischer Christ; Sie sind Jansenist und tragen in Ihrem Busen den Abgrund, der neben Pascal gähnte. Ich für mein Teil liebe das Leben, das irdische Leben, so wie es ist, dieses Hundeleben. Ich liebe es, so brutal, gemein und grob, so stumpfsinnig, blöde und grausam es ist; ich liebe es in seiner Unzüchtigkeit, in seiner Schmach, seiner Niedrigkeit, mit all seinem Schmutz, seiner Hässlichkeit und seinem Gestank, seiner Verderbtheit und Pestilenz. In dem Gefühl, dass es mir entschlüpft und entflieht, zittre ich wie ein Feigling und werde toll vor Verzweiflung.

An Sonn- und Festtagen streife ich durch die Stadtgegenden, wo das kleine Volk haust, mische mich unter die Menge, die durch die Straßen wogt, trete unter die Gruppen der Männer, Weiber und Kinder, zu den Straßensängern und vor die Messbuden. Ich reibe mich an schmutzigen Röcken und fettigen Hosen, ich sauge die starken, heißen Dünste von Schweiß, Haaren und Atem ein. In diesem Getriebe des Lebens kommt es mir vor, als wäre ich dem Tode entrückt. Ich höre eine Stimme in mir: ›Von der Furcht, die ich dir einflöße, kann ich allein dich heilen. Von der Entmutigung, die meine Drohungen dir bereiten, kann ich allein dich befreien.‹ Doch ich will nicht, ich will nicht!«

»Ach«, seufzte der Beamte, »wenn wir die Krankheiten, die unsere Seelen zerstören, nicht in diesem Leben heilen, der Tod bringt uns keine Ruhe!«

»Und was mich rasend macht«, fuhr der Gelehrte fort, »ist, dass ich, wenn wir beide tot sind, nicht einmal die Genugtuung haben werde, zu Ihnen zu sagen: ›Sehen Sie, Galissonnière, ich irrte mich nicht: Es ist nichts!‹ Ich kann mir nicht schmeicheln, recht gehabt zu haben. Und Sie, Sie werden nie enttäuscht sein. Wie teuer bezahlt sich das Denken! Sie sind unglücklich, mein Freund, weil Ihr Denken umfassender und stärker ist als das der Tiere und der meisten Menschen. Und ich bin unglücklicher als sie, weil ich mehr Geist habe.«

Vierblatt, der einige Brocken dieses Gespräches aufgefangen hatte, war nicht sehr betroffen darüber.

»Das sind Geistesschmerzen«, sagte er; »sie können sehr heftig sein, sind aber wenig verbreitet. Was mir mehr Sorge bereitet, sind die gewöhnlicheren Leiden, die körperlichen Schmerzen und Missbildungen, Liebeskummer und Geldnöte, die unsere Nachforschungen so schwer machen.« »Überdies«, bemerkte Waldteufel,

»übertreiben diese beiden Herren ihre Doktrin gewaltig zu ihrem eigenen Unglück. Wenn Galissonnière einen tüchtigen Jesuitenpater um Rat fragte, so würde er bald beschwichtigt sein; und Larive-Dumont könnte wissen, dass man Atheist mit heiterer Seele sein kann, wie Lukrez, und mit Wonne, wie André Chénier. Er sollte sich Homers Verse vorsagen: ›Auch Patroklos ist gestorben und war mehr als du‹ und sich gutwillig darein ergeben, eines Tages seinen Meistern, den antiken Philosophen, den Humanisten der Renaissance, den modernen Gelehrten und so vielen andern nachzufolgen, die mehr waren als er. ›Auch Paris und Helena sterben‹, sagt François Villon. ›Wir sind alle sterblich‹, wie Cicero sagt. ›Wir sind alle des Todes‹, sagt jenes Weib, dessen Klugheit die Bibel im zweiten Buche der Könige lobt.«

Das Glück, geliebt zu werden

Sie speisten im königlichen Park, einer eleganten Anlage, die in der Hauptstadt des Königs Christoph das ist, was das Bois de Boulogne in Paris, die Cambre in Brüssel, der Hydepark in London, der Tiergarten in Berlin, der Prater in Wien, der Prado in Madrid, die Cascinen in Florenz und der Pincio in Rom sind. Sie saßen im Grünen unter der glänzenden Menge der Gäste, und ihre Blicke schweiften über die großen, mit Blumen und Federn beladenen Hüte, wahre wandelnde Lusthäuschen, schwankende Schirmdächer der Liebe, Taubenschläge, zu denen die Wünsche flogen.

»Ich glaube«, sagte Vierblatt, »was wir suchen, findet sich hier. Es ist mir geschehen wie jedem andern: Ich bin geliebt worden; das ist das Glück, Waldteufel; und heute frage ich mich, ob es nicht das einzige Menschenglück ist. Und obwohl ich die Last einer Blase schleppe, die mehr mit Steinen befrachtet ist als ein Karren, der aus dem Steinbruch kommt, so gibt es doch Tage, wo ich verliebt bin wie ein Jüngling.«

»Ich«, entgegnete Waldteufel, »bin Weiberhasser. Ich kann es den Frauen nicht verzeihen, dass sie von demselben Geschlechte sind wie meine Frau. Sie sind alle, ich weiß es, nicht so dumm, nicht so boshaft und hässlich wie sie, aber es ist mir schon zu viel, dass sie etwas mit ihr gemein haben.«

»Lassen wir das, Waldteufel. Ich sage Ihnen: Was wir suchen, ist hier, und wir brauchen nur die Hand auszustrecken, um es zu fassen.«

Und auf einen auffallend schönen Mann deutend, der allein an einem kleinen Tische saß: »Sie kennen Jakob von Gondel. Er gefällt den Frauen, er gefällt ihnen allen. Das ist das Glück, oder ich kenne mich nicht mehr aus.«

Waldteufel meinte, man müsse sich dessen versichern. Sie luden Jakob von Gondel ein, mit ihnen zusammen zu speisen; und während sie dinierten, plauderten sie vertraulich mit ihm. Zwanzigmal, mit weiten Umschweifen oder plötzlichen Wendungen, offen oder versteckt, gerade ins Gesicht oder schräg von der Seite, erkundigten sie sich nach seinem Glück, brachten jedoch aus diesem Tischgefährten nichts heraus; seine elegante Sprache und sein reizendes Gesicht drückten weder Freude noch Trauer aus. Jakob von Gondel plauderte gern, zeigte sich offen, und natürlich, machte sogar Konfidenzen, die aber sein Geheimnis nur verschleierten und es noch undurchdringlicher machten. Ohne Zweifel wurde er geliebt; war er dadurch nun glücklich oder unglücklich? Als das Obst aufgetragen wurde, gaben die beiden Inquisitoren des Königs es auf, es zu erfahren. Des Krieges müde, redeten sie jetzt, um nichts zu sagen, redeten von sich selbst: Waldteufel von seiner Frau und Vierblatt von seinem Stein, ein Punkt, worin er mit Montaigne übereinstimmte. Man tischte Geschichten auf, während man Likör trank: die Geschichte von Madame Berille, die aus einem separierten Zimmer, als Bäckerjunge verkleidet, einen Brotkorb auf dem Kopf, entwischt war; die Geschichte von General Fromme und der Baronin von Bildermann; die Geschichte vom Minister Vezir und Madame Ceres, die, wie Antonius und Kleopatra, ein Reich in Küssen vergeudeten, und mehrere andere, alte wie neue. Jakob von Gondel erzählte ein orientalisches Märchen.

»Ein junger Kaufmann aus Bagdad«, begann er, »lag eines Morgens in seinem Bette und fühlte sich so liebebedürftig, dass er mit lauter Stimme wünschte, von allen Frauen geliebt zu werden. Ein Dschinn, der ihn hörte, erschien ihm und sprach zu ihm: ›Dein Wunsch ist erfüllt. Von heute an sollst du von allen Frauen geliebt werden.‹ Alsbald sprang der junge Kaufmann hocherfreut aus seinem Bette, und da er sich unerschöpfliche und mannigfaltige Freuden versprach, ging er auf die Straße. Kaum hatte er einige Schritte getan, als ein scheußliches altes Weib, das in seinem Keller Wein filterte, sich bei seinem Anblick glühend in ihn verliebte und ihm durch das Kellerfenster Kusshände zuwarf. Voller Abscheu wandte er den,Kopf, doch die Alte zog ihn am

Bein in den Keller, wo sie ihn zwanzig Jahre eingesperrt hielt.«

Jakob von Gondel beendete diese Erzählung gerade, als der Hausmeister ihm meldete, dass er erwartet werde. Er erhob sich und ging mit erloschenem Blick und gesenktem Kopfe zum Gitter des Parks, wo ihn eine ziemlich knochige Gestalt in der Tiefe eines Coupés erwartete.

»Er hat uns eben seine eigene Geschichte erzählt«, sagte Waldteufel. »Der junge Kaufmann aus Bagdad ist er selbst.«

Vierblatt schlug sich an die Stirn. »Man hatte mir doch gesagt, dass er von einem Drachen bewacht werde; ich hatt' es total vergessen.«

Sie kehrten spät ins Schloss zurück, ohne ein anderes Hemd als ihr eignes, und fanden König Christoph und Frau von Huhn beim Anhören einer Mozartschen Sonate in Tränen zerfließend.

Durch den König angesteckt, war Frau von Huhn melancholisch geworden; sie hegte finstere Gedanken und tolle Befürchtungen. Sie wähnte sich verfolgt, als Opfer scheußlicher Machenschaften; sie lebte in beständiger Furcht, vergiftet zu werden, und zwang ihre Kammerfrauen, alle Speisen ihrer Tafel zu kosten. Sie fühlte die Schrecken des Todes und die Verlockung des Selbstmords. Und der Zustand des Königs verschlimmerte sich durch den seiner Geliebten, mit der er traurige Tage verbrachte.

»Die Maler«, pflegte Christoph V. zu sagen, »sind verderbliche Betrugskünstler. Sie verleihen den weinenden

Frauen eine rührende Schönheit und zeigen uns Andromache, Artemis, Magdalena und Heloise im Schmucke ihrer Tränen. Ich besitze ein Bild von Adrienne Lecouvreur in der Rolle der Cornelia, wie sie die Asche des Pompejus mit ihren Tränen benetzt: Sie ist anbetungswürdig. Und sobald Frau von Huhn zu weinen beginnt, verzerrt sich ihr Gesicht, ihre Nase, wird rot: Sie ist zum Fürchten hässlich.«

Der unglückliche Fürst, der nur in Erwartung des heilenden Hemdes lebte, ließ Vierblatt und Waldteufel hart an wegen ihrer Nachlässigkeit, ihrer Unfähigkeit und ihrer unglücklichen Hand; wahrscheinlich glaubte er, dass wenigstens einer dieser Vorwürfe zuträfe.

»Sie lassen mich sterben, wie meine Ärzte Kiefer und Salm«, sagte er. »Doch bei denen liegt es im Handwerk. Von Ihnen erwartete ich etwas anderes; ich rechnete auf Ihren Verstand und Ihre Ergebenheit. Ich merke, dass ich mich irrte. Ohne Beute zurückzukommen! Schämen Sie sich nicht? Ist es denn so schwierig, das Hemd eines Glücklichen zu finden? Wenn Sie nicht einmal das können, wozu sind Sie dann da? Man bedient sich selber am besten. Das trifft für Privatleute zu und noch mehr für Könige. Ich gehe unverzüglich und suche das Hemd, das Sie nicht entdecken können.«

Damit warf er Nachtmütze und Schlafrock ab und verlangte nach seinen Kleidern.

Vierblatt und Waldteufel suchten ihn zurückzuhalten.

»Majestät, in Ihrem Zustand – wie unvorsichtig!«

»Majestät, es hat Mitternacht geschlagen!«

»Glauben Sie denn«, fragte der König, »dass die Glücklichen mit den Hühnern zu Bette gehen? Gibt es keine Vergnügungslokale mehr in meiner Hauptstadt? Gibt es keine Nachtrestaurants? Mein Polizeipräsident hat zwar alle Tingeltangel schließen lassen: Sind die darum weniger geöffnet? Aber ich brauche gar nicht erst in die Häuser zugehen; was ich suche, finde ich auf der Straße, auf den Bänken.«

Kaum angekleidet, schritt Christoph V. über Frau von Huhn hinweg, die sieh in Krämpfen auf dem Boden wand, rannte die Treppe hinunter und lief im Trab durch den Garten. Vierblatt und Waldteufel, ganz verblüfft, folgten ihm schweigend in einiger Entfernung.

Wenn das Glück darin liegt, nicht mehr zu fühlen ...

Auf die Straße gelangt, die, von alten Ulmen beschattet, den königlichen Park begrenzte, erblickte er einen Jüngling von wundersamer Schönheit, der an einem Baume lehnte und mit heiterer Miene die Sterne anschaute, die am klaren Himmel ihre geheimnisvollen Feuerzeichen zogen. Der Nachtwind spielte in seinem Lockenhaar; ein Widerschein der Himmelslichter glänzte in seinen Blicken.

Ich hab's! Dachte der König.

Er näherte sich dem lächelnden, schönen Jüngling, der bei seinem Anblick leicht erbebte.

»Ich bedaure, mein Herr«, sagte der Fürst, »Ihre Träumerei zu stören. Doch die Frage, die ich Ihnen zu stellen habe, ist für mich lebenswichtig. Weigern Sie sich nicht, einem Manne zu antworten, der Sie vielleicht zu Dank verpflichten kann und der nicht undankbar sein wird. Sind Sie glücklich, mein Herr?«

»Ich bin es.«

»Fehlt Ihnen nichts zu Ihrem Glücke?«

»Nichts. Allerdings war es nicht immer so. Ich habe wie alle Menschen das Leid des Lebens verspürt, und vielleicht schmerzlicher als die meisten von ihnen. Das kam nicht von meiner besondern Lebenslage, noch von zufälligen Umständen, sondern aus dem allen Menschen und allem, was atmet, gemeinsamen Grunde. Ich habe ein großes Leid erfahren; es ist gänzlich verschwunden. Ich genieße eine vollkommene Ruhe, eine sanfte Heiterkeit; alles in mir ist Zufriedenheit, Frohsinn, tiefe Befriedigung; eine innige Freude durchdringt mich ganz. Sie sehen mich; mein Herr, im schönsten Moment meines Lebens; und da der Zufall uns zusammenführt, so nehme ich Sie zum Zeugen meines Glückes. Endlich bin ich frei, erlöst von den Ängsten und Schrecknissen, die die Menschen befallen, von dem Ehrgeiz, der sie verzehrt, von den tollen Hoffnungen, die sie betrügen. Ich stehe über dem Schicksal; ich entrinne den beiden unbezwinglichen Feinden des Menschen: dem Raum und der Zeit. Ich kann dem Geschick trotzen. Ich besitze ein unbeschränktes Glück und verschmelze mit der Gottheit. Und dieser glückliche Zustand ist mein Werk; ich verdanke ihn einem Entschluss, den ich gefasst habe und der so klug, so schön, so tugendhaft und so wirksam ist, dass man zum Gotte wird, wenn man ihn ausführt.

Ich schwimme in Freude, ich bin göttlich berauscht. Ich spreche bei klarem Bewusstsein und im vollsten Umfange seiner Bedeutung das Wort, in dem alle Trunkenheit, alle Begeisterung, alle Verzückung liegt: Ich kenne mich nicht mehr!«

Damit zog er seine Uhr.

»Es ist Zeit. Leben Sie wohl!«

»Noch ein Wort, mein Herr. Sie können mich retten. Ich ...«

»Man wird nur dann gerettet, wenn man meinem Beispiel folgt. Sie müssen mich jetzt verlassen. Leben Sie wohl!«

Und mit heldenhaftem Schritt, mit jugendlicher Haltung stürzte der Unbekannte in das Wäldchen, das die Straße säumte. Christoph wollte nichts davon hören und folgte ihm. In dem Augenblick, als er in das Gebüsch eindrang, vernahm er einen Schuss. Er trat näher, bog die Zweige auseinander und sah den glücklichen Jüngling im Grase liegen, die Schläfe von einer Kugel durchbohrt, während seine Rechte noch den Revolver umfasst hielt.

Bei diesem Anblick fiel der König in Ohnmacht. Vierblatt und Waldteufel eilten herbei, brachten ihn wieder zu sich und trugen ihn ins Schloss. Christoph ließ nach dem Jüngling forschen, der vor seinen Augen das Glück der Verzweifelten gefunden, und erfuhr, dass er der Erbe einer vornehmen und reichen Familie war, ebenso geistvoll wie schön und beständig vom Schicksal begünstigt.

Sigismund Dux

Am nächsten Tage gingen Vierblatt und Waldteufel wieder auf die Suche nach dem verordneten Hemde. Sie schritten die Verfassungsstraße hinunter und begegneten der Gräfin von Cecil, die aus einem Notengeschäft trat, und geleiteten sie zu ihrem Wagen.

»Herr von Vierblatt«, sagte sie, »man hat Sie gestern in der Klinik des Professors Ochsenbein vermisst; desgleichen Sie, Herr von Waldteufel. Schade, dass Sie nicht da waren; es war sehr interessant, Professor Ochsenbein hatte die ganze elegante Welt eingeladen, eine Menge, aber eine erlesene, die seiner Fünfuhroperation beiwohnte, einer reizenden Eierstockausschneidung. Man sah Blumen, Toiletten, hörte Musik und aß Eis. Der Professor zeigte eine wunderbare Eleganz und Anmut. Er hat Aufnahmen für den Kinematografen machen lassen.«

Vierblatt war von dieser Beschreibung nicht zu sehr überrascht. Er wusste, dass Professor Ochsenbein in Luxus und Vergnügungen operierte; und er hätte ihn um sein Hemd gebeten, hätte er nicht wenige Tage zuvor den berühmten Arzt untröstlich gesehen, weil er die beiden größten Tagesberühmtheiten nicht operiert hatte: den deutschen Kaiser, der sich eine Balggeschwulst von Professor Hilmacher hatte entfernen lassen, und die Zwergin von den Folies-Bergère, die an hundert Nägel verschluckt hatte und nicht wollte, dass man ihr den, Magen aufschnitt, sondern Rizinus nahm. Waldteufel blieb vor dem Schaufenster des Musikladens stehen, betrachtete die Büste von Sigismund Dux und stieß einen lauten Ruf aus.

»Das ist unser Mann! Das ist der Glückliche!« Die Büste, sehr ähnlich, zeigte regelmäßige, vornehme Züge, eines jener harmonischen, vollen Gesichter, die das Aussehen einer Erdkugel haben. Obwohl völlig kahl und schon alt, erschien der große Komponist hier ebenso reizend wie imposant. Sein Schädel rundete sich wie eine Kirchenkuppel, doch seine etwas große Nase sprang mit profaner, sinnlicher Derbheit darunter vor; sein Bart, mit der Schere geschnitten, ließ seine fleischigen Lippen, seinen bacchischen, verliebten Mund frei. Ja, das war wirklich das Ebenbild dieses Genies, das die frömmsten Oratorien und die leidenschaftlichste und sinnlichste Opernmusik komponierte.

»Wie kommt es nur«, fuhr Waldteufel fort, »dass wir nicht an Sigismund Dux gedacht haben, der seinen ungeheuren Ruhm in vollen Zügen genießt, der so geschickt alle Vorteile einheimst und gerade verrückt genug ist, um sich den Zwang und die Langweile einer hohen Stellung zu ersparen? Er ist das vergeistigtste und zugleich sinnlichste Genie, glücklich wie ein Gott, ruhig wie ein Tier, und vereinigt in seinen unzähligen Liebschaften das erlesenste Feingefühl mit dem brutalsten Zynismus.«

»Er hat ein reiches Temperament«, sagte Vierblatt. »Sein Hemd kann seiner Majestät nur nützlich sein. Gehen wir zu ihm und holen wir es!«

Sie wurden in eine weite Halle geführt, die von Klängen durchrauscht war wie ein Konzerthaus. Eine Orgel, um drei Stufen erhöht, bedeckte mit zahllosen Registern einen Teil der Wand. Sigismund Dux, auf dem Kopf einen Dogenhut und in ein brokatnes Priestergewand gekleidet, improvisierte auf ihr, und unter seinen Fingern entstanden Töne, welche die Seelen verwirrten und die Herzen hinschmelzen ließen. Ihm zu Füßen, auf den drei Stufen, die mit Purpur belegt waren, wand sich eine Schar von Frauen, majestätisch und liebreizend, lang, schmal und schlangenhaft, oder rund, voll und üppig, alle gleich schön vor Verlangen und Liebe, glühend und wehrlos; und die ganze übrige Halle erfüllte ein brausender Schwärm junger Amerikanerinnen, jüdischer Bankiers, Diplomaten, Tänzerinnen und Sängerinnen, katholischer, anglikanischer und buddhistischer Priester, schwarzer Fürsten, Klavierstimmer, Reporter, lyrischer Dichter, Impresarios, Fotografen, Männer, die als Frauen und Frauen, die als Männer gekleidet waren, sich drängend, verschmelzend und vereinend zu einer einzigen anbetenden Masse, während über ihnen junge und behände Verehrer gestikulierten, die auf die Säulen geklettert waren, auf den Kandelabern ritten oder an den Kronleuchtern hingen. Dieses ganze riesige Auditorium schwamm in Trunkenheit: Es war eine sogenannte intime Matinee.

Die Orgel schwieg. Eine Wolke von Frauen umschwebte den Meister, der für Augenblicke halb aus ihr auftauchte wie ein leuchtender Stern, um sofort wieder darin zu verschwinden. Er war sanft, verschlagen, schlüpfrig und schlangenhaft. Liebenswürdig gegen jedermann, nicht eingebildeter als nötig, groß wie die Welt und zierlich wie die Liebe, zeigte er beim Lächeln zwischen seinem grauen Barte Kinderzähne und sagte allen Damen seichte, gefällige Dinge, die sie bezauberten und die sie nicht festhalten konnten, so winzig waren sie; nur ihr Reiz allein blieb übrig, vom Geheimnis verschönt. Er war ebenso leutselig und freundlich gegen die Männer; und als er Waldteufel erblickte, umarmte er ihn dreimal und sagte zu ihm, dass er ihn liebe. Der Sekretär des Königs verlor keine Zeit: er bat ihn um zwei Worte unter vier Augen im Auftrage des Königs, und nachdem er ihm kurz und bündig auseinandergesetzt hatte, mit welcher wichtigen Sendung er betraut war, sagte er zu ihm: »Meister, geben Sie mir Ihr He ...«

Er stockte, da die Züge von Sigismund Dux sich plötzlich verfinsterten.

Eine Drehorgel auf der Straße hatte die Narzissenpolka zu leiern begonnen. Und bei den ersten Klängen war der große Mann erbleicht. Diese Narzissenpolka, der Schlager der Saison, stammte von einem armen Fiedler aus einer Tanzkneipe, namens Schmöker, einem obskuren, elenden Kerl. Und der Meister, den vierzig Jahre des Ruhms und der Liebe krönten, ertrug es nicht, dass sich ein wenig Lob zu Schmöker verirrte; er empfand das als eine unerträgliche Kränkung. Selbst Gott ist ja eifersüchtig und klagt über den Undank der Menschen. Und Sigismund Dux konnte die Narzissenpolka nicht hören, ohne krank zu werden. Er ließ Waldteufel, die Menge seiner Anbeter und die prächtige Herde seiner ohnmächtigen Frauen plötzlich im Stich und lief in sein Ankleidezimmer, um eine Waschschüssel voll Galle zu erbrechen.

»Er ist beklagenswert«, seufzte Waldteufel.

Und Vierblatt an den Rockschößen zupfend, verließ er die Schwelle des unglücklichen Musikers.

Ob das Laster eine Tugend ist ...

Vierzehn Monate lang, vom Morgen bis zum Abend und vom Abend bis zum Morgen, durchstreiften sie die Stadt und die Umgegend, beobachteten, prüften und forschten – alles umsonst. Der König, dessen Kräfte von Tag zu Tag abnahmen und der sich nun eine Vorstellung von der Schwierigkeit einer solchen Nachforschung machte, befahl dem Minister des Innern, eine außerordentliche Kommission einzusetzen, die unter dem Vorsitz der Herren Vierblatt, Heißwasser, Waldteufel und Kaltengrund, mit Machtvollkommenheit ausgestattet, eine geheime Erhebung über die glücklichen Personen im Königreiche veranstalten sollte. Der Aufforderung des Ministers entsprechend, stellte der Polizeipräsident seine gewandtesten Agenten in den Dienst der Kommission; und alsbald wurden die Glücklichen in der Hauptstadt mit gleichem Eifer und gleichem Fleiße gesucht wie in anderen Ländern die Missetäter und Anarchisten. Galt ein Staatsbürger für glücklich, gleich wurde er angezeigt, ausgespäht, überwacht. Zwei Polizisten patrouillierten in ihren groben, eisenbeschlagenen Stiefeln zu jeder Tageszeit vor den Fenstern der als glücklich verdächtigten Leute auf und ab. Nahm sich ein Lebemann eine Loge in der Oper, sofort wurde er beobachtet. Ein Rennstallbesitzer, dessen Pferd gesiegt hatte, wurde ins Auge gefasst. In allen öffentlichen Lokalen wurde ein Beamter vom Polizeipräsidium installiert und machte sich Notizen über die Eintretenden. Und auf die Beobachtung des Herrn Polizeipräsidenten, dass Tugend glücklich mache, wurden die Personen, die Wohltätigkeit übten, die Gründer frommer Stiftungen, die hochherzigen Spender, die verlassenen und treuen Gattinnen, die Staatsbürger, die für Akte der Hingebung bekannt wurden, die Helden und Märtyrer gleichfalls denunziert und scharfen Verhören unterworfen.

Diese Überwachung lastete auf der ganzen Stadt; doch ihr Anlass blieb völlig im Dunkeln. Vierblatt und Waldteufel hatten es niemandem anvertraut, dass sie ein Glück bringendes Hemd suchten, aus Furcht - wie wir bereits erwähnten-, dass Ehrgeizige oder Begehrliche ein vollkommenes Glück vortäuschten und dem König ein Unterkleid ausliefern möchten, das angeblich Glück bringend, in Wahrheit aber mit Elend, Kummer und Sorgen durchtränkt war. Die ungewöhnlichen Maßnahmen der Polizei säten Unruhe in die oberen Klassen, und eine gewisse Gärung wurde in der Stadt bemerkbar. Mehrere hochangesehene Damen waren bloßgestellt, und Skandale brachen aus.

Die Kommission vereinigte sich allmorgendlich in der Königlichen Bibliothek unter Vorsitz des Herrn von Vierblatt und unter dem Beisitz der Herren Loch und Gutbier, außerordentlicher Staatsräte. Bei jeder Sitzung wurden durchschnittlich fünfzehnhundert Aktenstücke geprüft. Nach einer Session von vier Monaten hatte die Kommission noch kein Anzeichen für einen Glücklichen entdeckt.

Als der Präsident Vierblatt hierüber klagte, rief Herr Gutbier aus: »Ach, die Laster bringen Leid, und alle Menschen haben Laster!«

»Ich habe keine«, seufzte Herr Heißwasser, »und das bringt mich zur Verzweiflung. Das Leben ohne Laster ist nur ein Hinsiechen, nur Erschlaffung und Trübsal. Das Laster ist die einzige Zerstreuung, an der man auf dieser Welt Geschmack finden kann; das Laster macht das Dasein farbig, es ist das Salz der Seele, der Funke des Geistes. Was sage ich – das Laster ist die einzige Originalität, die einzige schöpferische Potenz des Menschen; es ist der Versuch einer Organisation der Natur gegenüber der Natur, der Erhebung des Menschenreichs über das Tierreich, einer menschlichen Schöpfung gegenüber der namenlosen, einer bewussten Welt in der allgemeinen Unbewusstheit. Das Laster ist das allein dem Menschen eigene Gut, sein wahres Erbteil, seine wirkliche Tugend im eigentlichen Wortsinn; denn Tugend (virtus) kommt von Mann (vir). Ich habe versucht, mir Laster zuzulegen; es ist mir nicht gelungen: Dazu bedarf es des Genies, der Naturanlage. Ein erheucheltes Laster ist kein Laster.«

»Na«, fragte Vierblatt, »was verstehen Sie denn unter Laster?«

»Unter Laster verstehe ich eine eingewurzelte Neigung zu dem, was von der großen Masse als abnorm und schlecht empfunden wird; das heißt: die individuelle Moral, die individuelle Kraft, die individuelle Tugend, die Schönheit, die Macht, das Genie.«

»Famos«, sagte der Staatsrat Loch, »es kommt nur darauf an, sich zu verständigen.«

Doch Waldteufel bekämpfte schroff die Meinung des Bibliothekars. »Reden Sie doch nicht von Lastern«, sagte er, »der Sie keine haben. Sie wissen ja gar nicht, was das ist. Ich habe welche: sogar mehrere, und ich versichere Ihnen, ich habe davon weniger Befriedigung als Verdruss. Nichts ist so unangenehm wie ein Laster. Man quält sich, man erhitzt sich, man erschöpft sich, um es zu befriedigen; und sobald es befriedigt ist, empfindet man ungeheuren Ekel.«

»Sie sprächen nicht so, mein Herr«, antwortete Heißwasser, »wenn Sie schöne Laster hätten, edle, stolze, gebieterische, hochstehende, wirklich tugendhafte Laster. Sie jedoch haben nur kleine, feige, anmaßliche und lächerliche Laster. Sie sind, mein Herr, kein großer Verächter der Götter.«

Waldteufel fühlte sich durch diese Rede zuerst verletzt, aber der Bibliothekar machte ihm klar, dass darin keine Beleidigung liege. Waldteufel ließ sich bereitwillig davon überzeugen und äußerte mit Ruhe und Festigkeit: »Ach, Tugend wie Laster, Laster wie Tugend sind Anstrengung, Zwang, Kampf, Schmerz, Arbeit, Erschöpfung. Darum sind wir alle unglücklich.«

Doch der Vorsitzende Vierblatt klagte, dass ihm der Kopf platze.

»Meine Herren«, sagte er, »halten wir keine klugen Reden. Dazu sind wir nicht gemacht.«

Damit hob er die Sitzung auf. Und es war mit dieser Glückskommission wie mit allen parlamentarischen und außerparlamentarischen Kommissionen aller Zeiten und Völker: Sie führte zu nichts. Nachdem sie fünf Jahre getagt hatte, ging sie auseinander, ohne irgendein brauchbares Ergebnis gezeitigt zu haben. Dem König ging es nicht besser. Die Neurasthenie nahm, dem Meergreis vergleichbar, alle möglichen Schreckgestalten an, um ihn niederzuwerfen. Er klagte, dass er alle seine Organe fühle, dass sie herumwanderten, sich unaufhörlich in seinem Körper bewegten und sich an ungewohnte Stellen begäben, die Nieren in die Kehle, das Herz in die Waden, die Eingeweide in die Nase, die Leber in die Brust und das Gehirn in den Bauch.

»Sie machen sich keinen Begriff«, sagte er, »wie peinlich diese Gefühle sind und welche Verwirrung sie in den Gedanken anrichten.«

»Majestät, ich kann es mir umso eher denken«, entgegnete Vierblatt, »als es mir in meiner Jugend oft passiert ist, dass der Bauch mir in den Kopf stieg, und das gab meinen Gedanken eine Wendung, die man sich vorstellen kann. Meine mathematischen Studien haben darunter sehr gelitten.«

Je kränker sich aber Christoph fühlte, desto heftiger verlangte er nach dem Hemd, das ihm verordnet war.

Der Pfarrer Handschuh

»Ich kehre zu der Meinung zurück«, sagte Waldteufel zu Vierblatt, »dass wir, wenn wir nichts fanden, schlecht gesucht haben. Ich glaube fest an die Tugend, glaube an das Glück. Sie sind unzertrennlich. Sie sind selten; sie verbergen sich. Wir entdecken sie vielleicht unter Strohdächern fern auf dem Lande. Wenn Sie auf mich hören wollen, so suchen wir sie namentlich in der unwirtlichen Berggegend, die unser Savoyen und unser Tirol ist.«

Vierzehn Tage darauf hatten sie sechzig Bergdörfer abgestreift, ohne einen Glücklichen zu finden. All das

Elend, das die Städte erfüllt, fanden sie in diesen Weilern wieder, durch die Rohheit und Unwissenheit der Menschen nur noch verschlimmert. Hunger und Liebe, diese beiden Geißeln der Natur, schlugen hier die unglücklichen Leute häufiger und ärger. Sie sahen geizige Besitzer, eifersüchtige Ehemänner, verlogene Frauen, giftmischerische Mägde, mordlustige Knechte, blutschänderische Väter, Kinder, die ihrem alten Großvater, der am Herd schlummerte, den Backtrog über den Kopf stülpten. Die Bauern fanden nur an der Trunkenheit Spaß; ihre Freude selbst war brutal, ihre Spiele waren grausam. Ihre Feste endeten mit blutigen Schlägereien.

Je länger sie diese Menschen beobachteten, desto mehr erkannten Vierblatt und Waldteufel, dass ihre Sitten weder reiner noch besser sein konnten, da der geizige Boden sie geizig machte und ein hartes Leben sie gegen fremdes Leid wie gegen das eigene verhärtete; und wenn sie eifersüchtig, begehrlich, falsch, verlogen waren und stets bestrebt, einander zu übervorteilen, so war dies die natürliche Wirkung ihrer Dürftigkeit und ihres Elends.

»Wie konnte ich auch nur einen Augenblick glauben«, sagte Waldteufel, »dass das Glück unter einem Strohdache wohnt! Das ist vielleicht nur die Folge der klassischen Bildung. Virgil sagt im Lehrgedicht über den Landbau, den Georgica, die Landleute seien glücklich, wenn sie sich ihres Glückes bewusst seien. Er gibt also zu, dass sie keine Ahnung davon haben. In der Tat schrieb er auf Befehl des Augustus, dieses trefflichen Reichsverwalters, der befürchtete, es möchte in Rom an Brot fehlen, und der das Land wieder zu bevölkern suchte. Virgil wusste wie alle Welt, dass das Landleben hart ist. Hesiod hat ein furchtbares Bild davon entworfen.«

»Etwas steht fest«, sagte Vierblatt, »überall auf dem Lande haben die Burschen und Mädchen nur ein Verlangen: sich nach der Stadt zu verdingen. An der Küste träumen die Mädchen davon, in die Sardinenfabriken zu gehen. In Kohlendistrikten denken die Bauernjungen an nichts anderes, als in die Bergwerke hinabzusteigen.«

Ein Mensch in diesen Bergdörfern zeigte unter all den sorgenvollen Stirnen und gerunzelten Mienen ein treuherziges Lächeln. Er konnte weder das Feld bestellen noch Tiere lenken; er wusste nichts von dem, was die Menschen sonst wissen, hielt sinnlose Reden und sang den ganzen Tag eine Weise, die er nie beendete. Alles entzückte ihn. Er war stets im Himmel. Seine Kleidung bestand aus Flicken in allen Farben, die seltsam zusammengestoppelt waren. Die Kinder liefen ihm nach und höhnten ihn; doch da er für einen Glücksbringer galt, tat ihm niemand etwas zuleide, und man gab ihm das wenige, dessen er bedurfte. Das war Hurtepoix, der Tor. Er aß mit den jungen Hunden vor den Türen und schlief in den Scheunen.

Da Waldteufel gemerkt hatte, dass er glücklich war, und vermutete, dass die Landleute ihn nicht ohne tieferen Grund für einen Glücksbringer hielten, suchte er ihn nach reiflicher Überlegung auf, um ihm sein Hemd fortzunehmen. Er fand ihn, in Tränen gebadet, in der Vorhalle der Kirche auf dem Boden liegend: Hurtepoix hatte soeben vom Tod Jesu Christi vernommen, der für das Heil der Menschheit gekreuzigt worden war.

Die beiden Beamten des Königs kamen in ein Dorf, dessen Schulze das Wirtshaus führte. Sie tranken mit ihm und forschten ihn aus, ob er nicht zufällig einen Glücklichen kenne.

»Meine Herren«, antwortete er, »gehen Sie in das Dorf, dessen weiße Häuser Sie da am andern Talrand über den Berghang verstreut sehen, und sprechen Sie beim Pfarrer Handschuh vor. Er wird Sie sehr gut aufnehmen, und Sie werden einen Menschen finden, der glücklich ist und sein Glück verdient. Sie kommen in zwei Stunden hin.«

Der Schulze erbot sich, ihnen Pferde zu vermieten. Nach dem Frühstück ritten sie fort.

Ein junger Mann, der denselben Weg ritt und ein besseres Pferd hatte, holte sie an der ersten Biegung ein. Er hatte eine offene Miene, ein fröhliches, gesundes Aussehen. Sie knüpften eine Unterhaltung mit ihm an.

Als er hörte, dass sie zum Pfarrer Handschuh wollten, sagte er: »Grüßen Sie ihn, bitte, von mir. Ich reite etwas höher hinauf, nach Finkenau, wo ich wohne, mitten im schönsten Weideland. Ich hab's eilig nach Hause.«

Er erzählte ihnen, er habe das liebenswürdigste und beste Weib geheiratet und von ihr zwei Kinder, schön wie die Sonne, einen Jungen und ein Mädchen.

»Ich komme aus der Stadt«, setzte er in fröhlichem Tone hinzu, »und bringe schöne Kleiderstoffe heim, mit Mustern und Modebildern, auf denen man das fertige Kleid sieht. Alix, so heißt meine Frau, ahnt nichts von dem Geschenk, das ich ihr mitbringe. Ich werde ihr das Paket zugeschnürt geben und freue mich schon darauf, wie ihre hübschen, ungeduldigen Finger sich abquälen werden, die Schnur aufzunesteln. Sie wird sehr zufrieden sein; ihre Augen werden sich entzückt und strahlend zu mir erheben, und sie wird mich umarmen. Wir sind glücklich, meine Alix und ich. Seit den vier Jahren, die wir verheiratet sind, lieben wir uns täglich mehr. Wir haben die fettesten Triften im Lande. Unsere Dienstleute sind auch glücklich; sie können gut mähen und tanzen. Sie müssen den Sonntag mal zu uns herauskommen, meine Herren: Da trinken Sie unsern leichten Landwein und sehen unsere hübschesten Mädchen tanzen und unsere kräftigsten Burschen, die Ihnen ihre Tänzerin aufheben und herumwirbeln wie eine Feder. Unser Haus liegt eine halbe Stunde von hier. Man reitet rechtsherum zwischen den beiden Felsen, die Sie da fünfzig Schritte vor sich sehen und die man die Gämsfüße nennt. Dann geht es über eine hölzerne Brücke, die über einen Gießbach führt, und quer durch das Fichtengehölz, das uns vor dem Nordwind schützt. In weniger als einer halben Stunde hab ich meine kleine Familie wieder, und wir werden alle zufrieden sein.«

»Man muss ihn um sein Hemd bitten«, flüsterte Vierblatt seinem Gefährten zu. »Ich vermute, es ist mehr wert als das des Pfarrers Handschuh.«

»Ich glaube auch«, antwortete Waldteufel.

In dem Augenblick, da sie diese Worte wechselten, kam ein Reiter zwischen den Gämsfüßen hervor und machte stumm und finster vor den Reisenden halt. Der junge Landmann erkannte einen seiner Pächter.

»Was gibt's, Ulrich?«, fragte er.

Ulrich gab keine Antwort.

»Ein Unglück? Sprich!«

»Herr, Ihre Frau war so ungeduldig, Sie wiederzusehen, und da ist sie Ihnen entgegengegangen. Die Holzbrücke ist eingestürzt, und sie ist mit ihren zwei Kindern im Gießbach ertrunken.«

Sie verließen den jungen Bergbewohner, der vor Schmerz rasend war, und begaben sich zum Pfarrer Handschuh. Sie wurden in ein Zimmer geführt, das als Sprechzimmer und Bibliothek diente. Auf Brettern von Fichtenholz standen etwa tausend Bände, und an den weißgetünchten Wänden, hingen alte Stiche nach Landschaften von Claude Lorrain und Poussin. Alles offenbarte eine Bildung und geistige Gewohnheiten, die man in einem Pfarrerhaus auf dem Lande nicht häufig antrifft. Der Pfarrer Handschuh, ein Mann in mittleren Jahren, schaute klug und gutmütig drein.

Seinen beiden Besuchern, die so taten, als wollten sie sich in der Gegend niederlassen, rühmte er das Klima, die Fruchtbarkeit und Schönheit des Tales. Er bot ihnen Weißbrot, Obst, Käse und Milch an. Dann führte er sie in seinen Gemüsegarten, der von reizender Frische und Sauberkeit war. Auf der Sonnenseite der Mauer breiteten Spaliere ihre Äste mit geometrischer Regelmäßigkeit aus; die spindelförmigen Obstbäume standen in gleichen Abständen, gut ausgerichtet und wohlgepflegt.

»Langweilen Sie sich nie, Herr Pfarrer?«, fragte Vierblatt.

»Die Zeit dünkt mir kurz zwischen meiner Bibliothek und meinem Garten«, antwortete der Priester. »So ruhig und friedlich mein Dasein auch verläuft, so ist es darum doch nicht minder tätig und arbeitsam. Ich lese die Messe, besuche die Kranken und Bedürftigen, nehme meiner Gemeinde die Beichte ab. Die armen Kreaturen haben nicht viele Sünden zu bekennen. Kann ich darüber klagen? Aber sie erzählen sie lang und breit. Etwas Zeit brauche ich auch, um meine Predigten und Katechismusstunden vorzubereiten; vor allem diese machen mir viel Mühe, obgleich ich sie seit zwanzig Jahren abhalte. Es ist so schwer, zu Kindern zu sprechen: Sie glauben alles, was man ihnen sagt. Ich habe auch meine Erholungsstunden. Ich mache Spaziergänge; es sind immer die gleichen, und doch sind sie ungemein abwechslungsreich. Eine Landschaft verändert sich mit den Jahreszeiten, den Tagen, Stunden, Minuten; sie ist stets anders, stets neu. Die langen Abende der schlechten Jahreszeit verbringe ich angenehm mit alten Freunden, dem Apotheker, dem Steuereinnehmer und dem Friedensrichter. Wir musizieren. Morine, meine Magd, röstet ausgezeichnet Kastanien; wir regalieren uns damit. Was schmeckt besser als Kastanien mit einem Glase Weißwein?«

»Herr Pfarrer«, sagte Vierblatt zu dem guten Geistlichen, »wir stehen im Dienste des Königs und kommen, Sie um eine Erklärung zu bitten, die für das Land, ja für die ganze Welt von großer Bedeutung sein kann. Die Gesundheit, wo nicht gar das Leben des Monarchen steht auf dem Spiele. Darum bitten wir Sie, unsere Frage zu entschuldigen, so seltsam und indiskret sie Ihnen auch scheinen mag, und sie ohne Rückhalt und Verschweigung zu beantworten: Herr Pfarrer, sind Sie glücklich?«

Herr Handschuh ergriff Vierblatts Hand, drückte sie und sagte kaum hörbar: »Mein Dasein ist eine Qual. Ich lebe in beständiger Lüge. Ich bin ungläubig.«

Und zwei Tränen rollten über seine Wangen.

Ein Glücklicher

Nachdem Vierblatt und Waldteufel ein ganzes Jahr lang vergebens das Königreich durchstreift hatten, begaben sie sich nach dem Schlosse Weißenbrunn, wohin der König sich hatte bringen lassen, um die Waldeskühle zu genießen. Sie fanden ihn in einem Zustand von Hinfälligkeit, über den der Hof sich sorgte.

Die Gäste wohnten nicht im Schloss Weißenbrunn, das nur ein Jagdpavillon war. Der Staatssekretär und der Oberstallmeister logierten sich im Dorfe ein und begaben sich täglich durch den Wald zu dem Monarchen. Auf ihrem Wege begegneten sie öfters einem kleinen Manne, der in einer großen, hohlen Platane des Waldes hauste. Er hieß Muske und war nicht schön mit seinem stumpfnasigen Gesicht, den vorspringenden Backenknochen und der breiten Nase mit den runden Nasenlöchern. Aber seine eckigen Zähne, die beim häufigen Grinsen der roten Lippen zum Vorschein kamen, gaben seinem wilden Gesicht Glanz und Reiz. Wie er sich der großen Platane bemächtigt hatte, wusste keiner; doch er hatte sich darin eine sehr saubere Kammer eingerichtet, die mit allem, dessen er bedurfte, versehen war. Um die Wahrheit zu sagen: Er brauchte wenig: Er lebte vom

Wald und vom Teich, und er lebte sehr gut. Man sah ihm die Mängel seines Benehmens nach, weil er dienstbereit und gefällig war. Wenn die Damen des Schlosses im Walde spazierenfuhren, bot er ihnen in selbstgeflochtenen Weidenkörben Honigwaben, Walderdbeeren oder bittersüße Vogelkirschen an. Er war stets bereit, festgefahrene Fuhren schieben zu helfen und das Heu einzubringen, wenn ein Unwetter drohte. Ohne müde zu werden, leistete er mehr als ein anderer. Seine Kraft und seine Behändigkeit waren erstaunlich. Er zerbrach mit seinen Händen einem Wolf das Gebiss, fing einen Hasen im Laufe und kletterte auf die Bäume wie eine Katze. Um die Kinder zu erfreuen, schnitt er Rohrflöten, fertigte kleine Windmühlen und Heronsbälle an.

Vierblatt und Waldteufel hörten im Dorfe oft sagen: »Glücklich wie Muske.« Dieses Sprichwort übte Seine Wirkung auf ihren Geist, und eines Tages, als sie unter der großen, hohlen Platane vorbeikamen, sahen sie Muske mit einem jungen Mops spielen, offenbar ebenso zufrieden wie der Hund. Sie kamen auf den Gedanken, ihn zu fragen, ob er glücklich sei.

Muske konnte ihnen nicht antworten, denn er hatte über das Glück nie nachgedacht. Sie belehrten ihn kurz und sehr einfach, was es sei. Und nachdem er einen Augenblick überlegt hatte, antwortete er, dass er das Glück besitze.

Bei dieser Antwort rief Waldteufel ungestüm: »Muske, wir verschaffen dir alles, was du dir wünschest, Gold, ein Schloss, neue Holzschuhe, alles, was du willst. Gib uns dein Hemd.«

Sein gutes Gesicht verriet weder Bedauern noch Enttäuschung, die er durchaus nicht zu empfinden vermochte, wohl aber Verblüffung. Er bedeutete sie, dass er das Verlangte nicht geben könne.

Er besaß kein Hemd.